# 《蔣介石的影子兵團》

## ——白團物語

# 目次

# 第1章

## 報恩之旅

## 蔣介石敗退台灣

1949年1月，蔣介石被桂系軍閥的副總統李宗仁逼下野。他仍舊在溪口幕後遙控國民黨的一切軍政大權，準備擴編300～500萬正規軍，和中共人民解放軍再一決雌雄。然而，時不我與，共軍在4月21日強渡長江，4月23日攻佔南京，5月27日又佔上海。蔣經國悲傷地寫道：「江南半壁……風聲鶴唳，草木皆兵。」❶

蔣介石老早就看中了台灣，在1946年10月，他和宋美齡到台灣巡視後，就高興地指出：「**台灣尚未被共黨份子所滲透，可視為一片淨土，今後應積極加以建設，使之成為一模範省，則俄、共雖狡詐百出，必欲亡我國家者，其將無如我何乎！**」他更說：「**只要有了台灣，共產黨就無奈我何。**」「**就算整個大陸被共產黨拿去了，只要保著台灣，我就可以用來恢復大陸。因此，我就不顧一切，毅然決然的下野。**」❷

為了固守最後的退路，蔣介石在5月31日草擬了防守及治理台灣的計劃。他準備建設台灣、閩粵，控制兩廣，開闢川滇，並設想一個北聯青島、長山列島，中聯舟山群島，南抵台灣、海南島的海上鎖鏈來封鎖中國大陸。早在他下野前的1948年12月24日，他就任命愛將陳誠取代魏道明為台灣省主席，蔣經國為台灣

---

❶蔣經國《風雨中的寧靜》，p.201〔黎明〕
❷《革命文獻》第77輯，p.110

省黨部主任委員。陳誠1949年1月5日在台北視事就職,1月18日又兼任台灣省警備總司令。

7月初,蔣介石又在台北草山設立總裁辦公室,作為指揮東南及全國的中心。在軍事上,蔣在6月召集180多名東南區將領及中央主管的黨政軍幹部會議。8月15日,又任命陳誠為東南行政長官,負責蘇、浙、閩、廈、粵4省的軍務,尤其著重確保台、湖、金、廈與舟山,以及掩護國府軍隊及政府撤退至台灣。

在經濟上,他又密令蔣經國去上海,與俞鴻鈞、陳誠一起把總計5億美元的黃金、外匯、白銀搶運到台灣;更把故宮博物院25萬件古董,檔案從南京搶運到台灣。

9~10月間,解放軍從湖南打到廣西,殲滅桂系白崇禧的主力;10月14日,解放軍攻佔廣州。另一方面,二野又在10月15日攻佔廈門,10月下旬發動金門戰役,被日本將領根本博指揮下的國府軍擊退。西南方面,二、四野在11月30日攻佔重慶,從廣州逃到重慶的國民政府又倉惶逃入成都。共軍繼續進攻,國府在12月8日播遷台北。12月27日,成都淪陷;12月19日,川、滇、康的軍閥也紛紛向共軍「起義」。

蔣介石從重慶敗退回台灣,全盤皆輸,而中國共產黨也在1949年10月1日宣佈成立中華人民共和國,宣佈要解放台灣和西藏。

## 報恩第一陣

　　1949年4月間，有一個自稱是國府保密局情報員的台灣青年李銖源，帶著蔣介石的親筆函去拜訪前北支那方面軍司令官兼駐蒙（古）軍司令官根本博，懇請他協助國府對抗解放軍。

　　**根本博**　在蔣介石北伐期間就已認識他了，雙方彼此曾經有過「為了東亞和平，中國必須與日本合作」的共識。戰後，這個敗軍之將卻被蔣介石命令兼任華北（北支）方面軍司令官，根本博順利地把35萬日軍及45萬日僑全部安全地遣返日本。在撤退前，他已經和第11戰區司令官孫連仲、第12戰區司令官傅作義、北平行轅主任李宗仁、陸軍總司令何應欽等人接觸，更被蔣介石召見。

　　蔣介石召見他的時候，旁邊站著侍衛張商震上將及第11戰區司令官孫連仲，卻讓根本博也坐下，根本博十分感激。他也沒被當作戰犯審理，1946年8月29日平安地返抵東京的鶴川老家。

　　事後證明，是傅作義而不是蔣介石邀請根本博的。但是根本博匆匆下決定，首先找到了以前在華北王克敏偽政府工作的Y氏為秘書，又叫另一個K中校為參謀，自己變賣家產準備去上海。

　　1949年5月8日，根本博帶著釣竿出門，和其他7個人一起去九州。他召集的其他七人分別是：

　　吉川源三　（周志澈）　陸士41期

| | | |
|---|---|---|
| 吉村虎雄 | （林良材） | 東亞同文書院畢，參謀本部諜報員 |
| 岡本香徹 | （宋義哲） | 航空學校教官 |
| 淺田 某 | （陳萬全） | 幹部 |
| 昭屋林尉 | （林德全） | 琉球人 |
| 中尾一行 | （劉台源） | 九州人 |
| 李銈源 | | **此人身份相當神秘，但可證實是和前台灣總督明石元二郎的兒子來往親密。** |

他們偷渡的船也是明石元長透過他的台灣人親友安排的。

根本博一行來到福岡，住進大幸園旅館，卻風聲走漏，被美軍抓去訊問，很快獲釋。他們高唱要去台灣援助蔣介石，美國憲兵反而護送他們去日向市。5月24日，這7名日本人從日向市細島搭上300噸的機帆船「捷眞號」悄悄出海。由於共軍已下江南，根本博只能航向台灣。

他們又遇到颱風，船被吹到琉球，就在沈船前被美軍國海軍的警備艇救起來。根本博又說服了美國軍官，並用船護送他們到基隆。一上岸，他們被國府軍扣押一個多月，然後突然接到了彭孟緝、陳誠等人的熱烈招待。

蔣介石當然十分感動，立刻叫曹士澂致送他們七人家屬的安家費，每個月2萬日圓，下士官1萬元日圓，並把他們安置在北投的日本宿舍，他們七人大張旗鼓地來到台灣，一時間鬧得風風雨雨，有日本媒體渲染說：「中國在日本招募義勇軍，根本博中將

先行赴台接洽。」或著又說：「中國在日本招募十萬義勇軍，前往台灣參戰。」云云；不少舊日本軍人邊紛紛向駐日代表團申請報名參加。

GHQ寫信給中國駐日代表團查詢，朱世明團長回覆盟軍總部說：「不知此事，與本代表團無關。」

8月中旬，蔣介石在草山召見了舟山指揮官湯恩伯，並介紹根本博，要他協助湯恩伯作戰，根本博欣然答應，一直到1952年3月間，他就以湯恩伯的個人顧問身份，隨蔣軍轉戰東南沿海。

## 金門戰役前夕

1949年10月17日，解放軍攻佔廈門，湯恩伯和幾個人乘小艇逃下海直奔金門，丟下三千多官兵被俘。湯恩伯向蔣介石請辭，未被核准。蔣經國在12月28日的日記上寫道：

「金門島離共軍大陸陣地，不過以一衣帶水，國軍退守此地之後，父親以其對軍事和政治，均具極大意義，必須防守。因於午間急電駐守該陣地作戰之湯恩伯將軍，告以：『金門不能再失，必須就地督戰，負責完成，不能請辭易將。』

這時候蔣介石仍有十餘萬噸位的作戰艦艇和200多架飛機，在福建沿海的金門等島嶼部署三軍配合的防禦體系。而中共方面只有一個飛行中隊，被留在北京防衛開國大典。解放軍新建的海軍只有接收國府的幾十艘船艦，根本無法出海作戰。第十兵團不

僅沒有海空軍的配合掩護，連木帆船也嚴重不足。第十兵團的部
隊完全沒有渡海作戰的經驗。在攻打廈門期間，第十兵團的船隻
被蔣軍的飛機轟炸，大船損失慘重，小舢板又無法橫渡十公里左
右的海峽去進攻金門。

在勝利冲昏了頭的情況下，兵團司令部未曾檢討如何進攻金
門，了解金門的軍情，卻冒然下令第18軍負責進攻金門。第十兵
團司令葉飛在他的回憶錄上坦承：「因為輕視了金門，認為金門
沒有什麼工事，金門守敵名義上是一個兵團，即李良榮兵團，實
際只有兩萬多人，而且都是殘兵敗將；廈門是有永久性防禦工事
的要塞，守軍是湯恩伯集團，兵力充足，已被攻克了，則認為攻
取金門問題不大。」❸

金門的主島大金門面積124km²，小金門為15km²，全島居民
4萬多人。10月10日及13日，當解放軍攻佔金門北面的大、小嶝
島後，蔣介石立刻抽調胡璉第12兵團在汕頭的主力第18軍的一個
團增援大嶝島。當時駐守金門的是第22兵團，下轄第5軍和第25
軍（沈向奎），以及剛從台灣調來青年軍的第201師（鄭果）。
加上空軍警備隊的2個師；一支裝甲部隊（戰車第3團第一營），
擁有21輛美製M5A1坦克。

在10月上旬，大金門守軍不足17,000人，其中新兵又佔多
數。解放軍第28軍從福州南下，到同安時，原來100多艘木船，

❸《葉飛回憶錄》，p.598，〔解放軍出版社〕1988年版

蔣介石與根本博（左）

只剩下28隻，其中12隻更沒有船工。第31軍和第29軍的船隻，也在廈門戰役中損失慘重，直到10月24日才能集結一次可航渡3個團（約八千人）的船隻。

二十八軍後來總結說：「對於船隻水手準備也不夠，如何動員訓練，如何進行護船鬥爭均未充分研究與組織準備，也沒有時間進行檢查督促，沒有從一個釘子、一條繩子算起。」「對敵我力量對比的計算，是拿海面當地面，事實上有人無船不算兵，表面上的優勢其實是劣勢。」

然而，解放軍將領在輕敵，「怕個人影響不好，怕碰釘子，而採取自由主義態度，不負責任，把戰爭當兒戲」（第28軍副軍

1949～50年左右，湯恩伯初次訪日時合照
（左起）辰巳榮一、安岡正篤、湯恩伯、土居明夫

長蕭鋒之語）的驕態下，種下了敗陣的原因。

## 金門戰役

　　草山會談後，根本博就隨著湯恩伯去金門。

　　**湯恩伯**（1899～1954），浙江武義人，唸過浙軍講武學堂；後來又去日本明治大學法科學習。1925年回國，於浙軍第1師師長陳儀資助，再入日本陸軍士校。1927年他在恩師陳儀手下當參謀長。後來隨陳儀投靠蔣介石，一路升至第31集團軍總司

令。1944年他的部隊被日軍殲滅，戰後才被蔣介石再度啓用，在上海保護岡村寧次。1946年4月，湯恩伯出任京滬衛戍總司令，1947年因爲無法馳援74師（張靈甫），使74師被共軍全殲，他又丟了官。1949年1月蔣介石下野前，又升他爲京滬杭警備總司令。1月底，他向蔣介石密告陳儀準備向中共投誠，使陳儀被蔣介石抓到台灣槍斃。湯恩伯堅守上海失敗，匆匆撤到舟山群島。

由於他出身陸士，又和岡村寧次的關係深厚，對根本博的獻計，更是言聽必從。根本博分析舟山群島的戰略形勢，指出：「毛澤東可能利用西風而用舢板攻打舟山，而要配置強大兵力防守本島也不可能。因此，必須儘早探聽解放軍的動向，迅速向總部報告。此外，增援軍必須有機動帆船隊才可行，可能的話要借助日本的帆船……。」

奉派回日本的昭屋林尉就找到了鹿兒島的野崎。野崎去舟山群島考察，由湯恩伯發給「海上突擊司令呂永祥」的名義，準備打著漁船名義，組成33艘機動帆船在舟山群島捕漁，監視解放軍的動靜。他帶著一萬五千美元回國去活動。這是根本博先比解放軍動作早一步的戰略。

1949年10月24日夜間，解放軍第28軍及第29軍開始向金門進攻。25日凌晨2點，雙方展開激戰。

儘管28軍第一梯隊搶灘，擊退青年軍第201師，然而2時左右正逢漲潮的最高潮，許多船隻被國府軍撒下的鐵絲網和障礙物掛住船底，動彈不得。到六點天亮時，100多艘船完全無法返航，

反而被國府軍的飛機和大砲轟炸。而第2梯隊的4個團兵力也沒有船上岸支援，形成隔岸觀火的尷尬局面，導致第一梯隊孤軍奮戰。

此外，第224團又被國府的坦克攻擊，其他2個團也受到國府軍的反擊。25日上午，胡璉已經率領從汕頭開來的第19軍全部登陸金門，金門守軍一下子增至4萬人以上。根本博的戰法是讓解放軍掉進佈袋內，再用坦克對準解放軍的木船射擊，切斷解放軍的退路。

26日天亮後，解放軍已被壓縮到古寧頭，而在廈門的第253團剩下的一個連，也沒有船隻可以前往馳報。27日凌晨，在古寧頭的600多解放軍全部陣亡，其他在金門的解放軍紛紛被俘或戰死。27日上午10時，金門戰役結束。解放軍進攻金門的3萬3千兵力，一共損失兩批登陸部隊三個團另4個連，總計9,086人，至少3千多人被俘。

葉飛後來檢討說：「在現代戰爭的條件下，沒有制海權、制空權，要實行大規模渡海登陸作戰是非常困難的。」中共也開始檢討僅靠木帆船橫跨台灣海峽，攻台灣的不利條件，這算是解放軍第一次慘敗，只好承認：「查金門戰鬥失利，其主要原因為輕敵驕傲與急躁」、「操之過急，但求迅速不冷靜思考」。他們根本不知道1944年6月6日聯軍登陸諾曼第，以6：1的兵力才能上岸的事實。

「古寧頭大捷」是台灣當局一再誇耀的戰果，但是誰也不提

根本博幕後指揮的事實。台灣方面，至今還在爭執是湯恩伯還是胡璉指揮成功呢。

## 根本博酗酒以終

根本博計劃防守舟山群島的33艘日本漁船，在出海後卻因為一名海軍中將在衝突中刺死一個流氓，引起日本海上保安隊的追捕，警方也查出許多船員根本沒有船員證，還發現幕後和軍方有關。

由於根本博一行抵達台灣，並未刻意隱飾，因而引起媒體的注意，日本的新聞也一再渲染「台灣募兵問題」。於是，根本博一個人留在台灣，其他6人回國，卻又發生吉川源三侵吞蔣介石發的安家費，炒熱了新聞，驚動了聯軍駐日總司令部(GHQ)的追蹤調查。

日本國會議員細川嘉六（共產黨人）也向政府質問「日本義勇軍參加國民黨軍的真相」、「以前陸軍大將為首的特別軍事協定下的地下組織」。吉田茂首相的答覆是：「正在調查義勇軍的謠言，若有偷渡等事實予處分……。」

中共也開始在媒體上公開譴責日本義勇軍，根本博既已曝光，只好退居幕後。1952年6月25日，根本博回到日本，他對媒體記者的追問不予正面答覆，日本司法單位最後也沒有追究他。然而，這位被尊為「戰神」的中將，最後卻終日酗酒，度過餘

生。

## 打倒「赤魔」的盟誓

1949年9月10日，東京高輪的一間小旅館內，有16名中、日軍官密會。在密室中，中方代表曹士澂少將（陸士43期）、陳昭凱上校，另有王亮以中華民國代表團成員在旅館外負責把風，防止美軍的臨檢。

日方代表為岡村寧次大將、小笠原清（中佐，支那派遣軍參謀）及富田直亮（少將，第23軍參謀長）率領的12個前日本軍官。曹士澂、富田簽下「打倒赤魔」的誓約，由岡村見證。盟約如下：

**「值此赤魔逐日風靡亞細亞大陸之際，當是尊重和平與自由、堅信中日提携之中日兩國同志應共同奮起，共同保衛東亞的反共聯合，更加熱切合作邁向反之秋。**

**茲以應日本方面欣然同憂相謀，遭向打倒赤魔之中華民國國民政府招聘，期待建立中日永久合作之基礎。」**

雙方結盟後，日本軍人開始設法偷渡到台灣協助蔣介石的反共大業，此後20年，以「白團」名義成為蔣介石的秘密傭兵。

1949年5月25日，蔣介石眼看解放軍勢如破竹地攻佔長江以北的半壁江山，又輕易地拿下南京、上海，他還想以台灣為反攻根據地，力圖從兩廣、川滇反攻，甚至幻想第三次世界大戰的引

爆，他立刻想到岡村寧次。曹士澂就在這樣的情況下悄悄來到東京。

　　**曹士澂**　（1909年生於上海），是國民黨高級將領賀耀祖（上將，日本陸士畢業，與何應欽、谷正綱等同學，1949年投靠中共）的女婿。他唸過上海英語商業專門學校、日本陸軍士校第22期，回國後歷任軍校教官，駐土耳其、英、法少校武官（1935～37）、甘肅省政府財政廳主秘（1937）、軍令部少將高參、軍委會少將。1945年戰後為中國戰區陸總部少將高參，8月，第一個和岡村寧次接洽受降事宜。1946年1月又成為日本軍民遣返組少將組長；1947年2月再升為國防部第2廳少將副廳長，兼日軍戰犯處理會總幹事；1948年，他在京滬杭警備司令部（湯恩伯）麾下擔任少將參謀，1949年4月又出任東京駐日代表團軍事組少將組長。

　　由於曹士澂和何應欽、湯恩伯等老學長的特殊關係，也就被蔣介石委以重任，秘密接觸岡村寧次等人，他提到：「我的主要任務是與日本軍方及各界聯絡，尋求日方所藏匿的武器以及探尋各種可以有助於國民政府的機會。」

　　當時日本有橫山雄偉之類的浪人，假藉招募義勇軍援華名義，到處招搖撞騙，有鑑於此，曹士澂計劃招募日本正規官兵，組成國際反共聯軍反攻共軍。他計劃建立日本軍事顧問團，前往台灣助戰。

　　事實上，岡村寧次也老早擬好一份招募義勇軍的「援台計

畫」了。他準備招募反共的舊軍官爲核心，第一次以三千人爲最初目標，到台灣動員台灣人壯丁，混合編成十個師，經費共計5860萬日圓，不過蔣介石卻不敢掉以輕心，把這份由吳鐵城帶回來的計劃暫時擱置。

後來，曹士澂來訪，岡村又提出第二個計劃，即建議蔣介石聘用舊日本軍官組團渡台，7月13日，曹士澂到台灣，把他所擬的計劃面呈蔣介石。他開出的具體方案爲：

(1)國內應設立統一專責機構，指定專人統籌此事。在日本方面，由代表團團長（朱世明）負責主辦之。

(2)經費必須由國內設法負擔，確立信用，否則其優秀而正派者不願合作，徒招浪人等藉機招搖。

(3)設專門電台聯絡及確定秘密交通工具。

(4)嚴守秘密。

蔣介石點頭同意，當面指示曹士澂：

「(1)日本軍官顧問團的主要工作，以軍中教育訓練工作爲主，亦即包括：

　a.對一般兵種的訓練，及陸軍大學教育；

　b.研究創立各種制度，亦即軍中人事制度、後勤制度；

　c.必要時，以一部直接參加國軍部隊工作。

(2)負責人及工作地點：

中國方面由湯恩伯將軍負責，地點在廈門或上海。日本方面由岡村寧次大將，會同曹組長士澂辦理，地點在日本東京。

曹士澂（右）與加登川氏（左）於東京偕行社會客廳
（兩位皆出身步兵第25聯隊）

(3)開列留日軍官名單，及準備日語翻譯人員。」

1949年8月13日，總統傳發室主任俞濟時中將，奉命電告東京代表團的曹士澂：「盼將在台之日本留學生中，保薦能領導者二至三人，以便聯繫。」

曹士澂立刻推薦了陸士22期的鄭冰如中將和日本砲兵專門學校出身的彭孟緝。蔣介石最後圈選了彭孟緝，同時指定曹士澂負責與岡村寧次聯絡協調、陳昭凱上校、王亮上尉協助他工作。

至於日軍顧問團（初步敲定為25人）的團長人選，由岡村決定。

## ﹝「白團」的誕生﹞

岡村寧次從他的舊部中選了天野正一（陸士32期）少將，但是天野太忙了，才改選作戰課長的富田直亮。

**富田直亮** 九州人，陸士32期生，陸大39期畢業，他打破只有中尉以上才能進入陸軍大學的常例，以少尉特准入學。後來他擔任參謀，也到美國出任大使館武官，又曾在陸大擔任幹事長（教育長）。岡村指揮支那派遣軍之際，他是作戰課長，戰後之際，他是駐香港的參謀長。

1949年8月下旬，曹士澂在岡村的左右手小笠原清的家中，見到了富田。富田宣稱在四谷先生（岡村）的指示下，將奉命去台灣報效蔣總統對日本官兵以德報怨的大恩。同時他又強調：「中國的赤禍，也就是日本的危機，我有機會去台灣報效，不只是為了報恩，而且也是為了消弭日本未來的隱憂。」

高田在戰後搖身一變為東邦會社的社長，留著軍人的鬍子。基於保密，每個渡台的日本軍人都要有一個中國假名，曹士澂幾乎毫不思索地對高田說：「你姓白！」

曹解釋說：為了堅決反共；共產黨用紅色代表殘酷的流向鬥爭；你姓白，白色象徵光明正大，紅白不兩立！

至於名字，曹士澂又說：**富田先生是有名的參謀，今後更是蔣總統的得力參謀，中國古時候稱呼參謀為軍師，中國歷史上最**

有名的軍師是諸葛亮，你的名字中有一個「亮」字，就叫白鴻亮好吧？「鴻」字是飛翔萬里，無拘無束的大鳥；「洪」與「鴻」相通，代表你胸藏萬卷，學富五車。

此後二十年，高田直亮以「白鴻亮」的中國名字領導日本軍官顧問團，這個團體也就被稱作「白團」了。

1949年10月28日，白鴻亮等人展開邁向台灣的「報恩之旅」。

岡村寧次大將如此煞費苦心地安排白團渡台，完全是基於對蔣介石以德報怨的恩澤。

## 向誰投降

1945年8月15日下午，昭和天皇「玉音放送」後，日本帝國向聯合國無條件投降後的幾個小時，支那派遣軍總司令官**岡村寧次**先後收到中國方面兩個命令他投降的電令。

一封來自重慶的蔣介石，命令中指出：在中國的日本軍只准向國民政府投降，不准向八路軍、新四軍投降和繳械。如果向共軍投降，國府將以「武力制裁之」；並對日軍指揮官「予以處置」。日軍必須「各就現駐地負責維持地方良好秩序」，等待國府軍隊到達並接收。蔣介石還命令日軍阻止八路軍、新四軍通過，「特別防範並制止」共軍攻佔城市，「盡力防禦以維持治安」。

　　另一封電報是第十八集團軍總司令朱德發來的，下令岡村寧次所指揮下的一切部隊，停止一切軍事行動，「除被國民黨政府的軍隊所包圍的部份外」，都應所候解放區八路軍、新四軍及華南抗日縱隊的命令，向共產黨投降。

　　這段期間前後，共軍一共殲滅日軍13,700多人，偽軍385,000人左右，並攻佔華北、華中、華南的250多個城鎮。國府方面，也陸續接收投降日軍約127萬人，偽軍95萬多人。

　　龜縮在重慶大後方「八年抗戰」的蔣介石，由於美國兩顆原子彈迫使日本無條件投降，勝利來得太過突然，他的400萬軍隊卻尷尬地留在西南，尤其最精銳的數十萬兵還擺在中緬、中越邊界。他對中共軍隊的攻城掠地，十分懊惱，眼睜睜看著各大城市一時無法接收，只有一方面下令岡村寧次指揮的日軍暫時保有武器及裝備，保持現有態勢，維持地方秩序，靜待他的部隊來接收。同時，蔣介石也不忘向美國人求援。麥克阿瑟元帥下令美軍駐中國戰區司令魏德邁集結了中、印境內所有美國軍用和民用飛機，從8月16日起，空運3個軍，並海運11個軍至華北、華中和台灣。美國總統杜魯門宣稱：「**美國僅爲空運國府軍一項即耗費3億美元。**」總之，有50多萬的蔣軍在美國的海空運輸下深入日軍的佔領區。同時，9萬多的美國海軍陸戰隊也以協助國府軍接收爲名。9月登陸上海、青島，深入天津、秦皇島等地。

　　61歲的岡村寧次陷入左右爲難的低潮，到底要向那個政府投降呢？

## 敗軍之將

岡村寧次(Okamura Reiji, 1884～1966)，東京市人，1904年（日俄戰爭初期）陸軍士官學校16期畢業，翌年以步兵少尉參加攻打庫頁島（樺太）戰役；1907年12月升為中尉，在陸軍士校內擔任清國學生隊隊長。這是陸士專門為滿清政府培養軍事人材而設的區隊，岡村前後訓練3期156名清國留學生，包括後來的山西軍閥閻錫山、浙江軍閥孫傳芳，以及屠殺台灣人的二二八元凶之一──台灣省行政長官陳儀等人。1910年，岡村又繼續進入陸軍大學深造，3年後畢業（陸大25期）。1914年第一次世界大戰後，岡村又進入參謀本部。1915年派至青島，並在部內編纂日德戰史。

1917年1月，他隨青木宣純中將至北京，擔任黎元洪大總統軍事顧問的助理，與皖系的政客、軍人深交。1919年7月，岡村升為步兵少佐（少校），結束在中國4年半的勤務，回到日本，進入陸軍省新聞班。1921年6月岡村赴歐洲出差，歷經加拿大、美國、法國；10月至德國萊比錫，迎接他的是後來的首相東條英機和菲律賓第14方面軍總司令山下奉文，當時他們才任日本駐德國少佐武官。1922年，岡村去北九州的小倉出任步兵第14聯隊大隊長。翌年，岡村轉任參謀本部第二部（情報）第六課的中國班班員，他的同事包括土肥原賢二（陸士16期）、板垣征四郎（16

蔣介石（中）與白鴻亮（富田直亮，右二）攝於1968年12月29日

期）等9人，都是陸士前後期間同學，也是後來發動侵華戰爭的
要角。

　　這一年4月中國爆發第一次奉直戰爭，5月張作霖在東北宣佈
「東三省獨立」；8月，孫文在列寧援助下採取聯俄容共政策，
準備改組國民黨。1922年12月，岡村又來到上海，成爲參謀本部
的諜報武官。1923年9月，江、浙兩軍爭奪上海，雙方都各自向
日本軍官求援。後來直系的孫傳芳攻下上海，10月，岡村安排浙
軍的盧永祥去日本。11月，他又成爲孫傳芳的軍事顧問，孫是他
的學生。岡村隨孫傳芳在江西省阻止北伐軍。

　　他在上海三年後，奔走孫傳芳、張作霖間的合作，然而，卻

亡妻喪子，家產被掠，終成泡影。1927年3月岡村黯然回國，出任步兵第一聯隊副。1928年6月，張作霖在皇姑屯被炸死，蔣介石不久進入北京；12月，張學良宣佈東北易幟。從1929年4月到1931年4月的兩年內岡村默默地出任戰史課長、陸軍省人事局補任課長。

1931年九一八事變後，關東軍公然佔領中國東北。1932年日軍又進攻上海（一二八事件）；3月1日，關東軍扶持遜清宣統皇帝溥儀爲滿洲國執政，宣佈滿洲獨立。3月初，岡村又被派爲上海派遣軍副參謀長，4月晉升爲少將。5月5日他代表日軍與南京政府簽訂上海停戰協議。

5月29日，代表蔣介石的國民政府代理軍政部長陳儀（也是岡村的學生）來上海，和岡村密談滿洲問題。陳儀轉達蔣介石的意圖：避免和日本武力衝突，首先討伐中共軍的方針不變。❹

世界反共先覺的蔣介石從1930年12月至1934年10月間，正忙著發動5次圍剿中共江西蘇區，不肯抗日。他的名言是：「**攘外必先安內，統一方能禦侮，未有國不能統一而能取勝於外者。**」蔣介石在1931年底被輿論轟下台，翌年又因上海事件復出，仍然不肯也不敢抗日。

1932年7月，岡村調任關東軍副參謀長。這一年年底，日軍策動進攻熱河。1933年3月日軍攻佔熱河後，岡村回東京向昭和

---

❹松木繁《岡村寧次大將》，p.257〔河出書房新社〕，1984年

天皇上奏，指出「盡一切努力之後不得已而行使武力的經過，並力陳司令官的方針是一步也不越過長城線」。5月，關東軍又越過長城線。5月31日，岡村又從長春來塘沽，和中國代表熊斌談判，下午簽下《塘沽協定》。

事後，他和華北政務委員長**黃郛**、華北軍事委員長**何應欽**兩人深談。他在日記上寫下：何應欽是親日派的巨頭之一，對日中的將來發展十分擔憂。何有一段話使他難忘：**「我國實際上正苦於共產黨的抬頭，不欲對外發生問題。日本在這一點如不停止對我國的壓迫，結果中國和日本將都被共產黨幹掉！」❺**

1934年12月，岡村回國出任參謀本部副，翌年升為第二部（情報）部長。1937年3月，岡村晉升中將（第2師團長），4月移駐哈爾濱。7月中日戰爭爆發後，岡村在1938年11月調任第11軍司令官，指揮武漢作戰。下令日軍「討蔣愛民」。1941年7月，岡村又接任北支方面軍司令官，全面掃蕩八路軍及游擊隊，中共方面痛恨他的「殺光、燒光、搶光」──「三光政策」，而岡村卻自辯他推行的是「三戒」──討蔣愛民、滅共愛民和擊美愛民。他還下令參謀部編一冊《剿共指南》，對八路軍進行掃蕩。

1941年12月，日本發動突襲珍珠港，揭開大東亞戰爭的序幕，蔣介石也才正式向日本宣戰。1944年8月25日，岡村調任第6

❺松木，p.273

方面軍司令官，指揮「一號作戰」，攻打桂林、柳州、攻佔美軍的機場。11月在攻佔桂柳後，又接到天皇的詔書，出任支那派遣軍總司令官，8個月後，日本投降。

## 不求生不求死

聽完天皇的廣播後，岡村寧次在當天的日記中寫下：「予決心以不求生不求死之境地處之」。他不能扔下100多萬官兵和80多萬僑民，像其他人一樣切腹。

8月16日，岡村拜訪了住友財團的小倉正恒（南京汪精衛「國民政府」的最高經濟顧問），在辭行時，小倉一方面勉勵他要以二百萬草民無事回國為要務；同時又指出，岡村和重慶政府方面有許多朋友，要儘速和他們密切聯絡，共商善後大計。

這一天，岡村傳達了大本營向全體陸海軍發佈立即停止戰鬥行動的命令。8月17日，岡村又下令：派遣軍根據大本營嚴肅的統帥命令，已將現在部署轉為停戰狀態。但中國軍隊中有的宣稱奉某地指揮官命令，在津浦沿線和長江沿岸等地區表現出對日軍進行不法攻擊的態勢……。他重申「上述中國軍隊之不穩行動，確信絕非出自蔣委員長之命令」，因此懇請蔣委員長立即通知全部中國軍隊毫無例外地保持目前態勢，以期徹底實行停戰。從現在起，「仍然採取上述不穩行動者，均視為不服從蔣委員長之命令，或越出其意圖者，派遣軍不得已斷然採取自衛行動。」

此後，岡村一再嚴令部隊只准向蔣介石的國府軍繳械投降，對其他方面（當然指的是延安）的要求，「不僅應堅決拒絕，而且應根據情況，毫不躊躇地行使自衛之武力」。然而，在等待被國府軍接收期間為了抗拒共軍，日軍死了二萬多官兵。

岡村在8月15日收聽到蔣介石在重慶的廣播，蔣介石一面對抗日戰爭勝利表示感謝犧牲軍民、盟軍、「指導革命途徑的國父」之外，也不忘感謝公正而仁慈的上帝。他又說，想到基督寶訓上說的「待人如己」和「要愛敵人」兩句話。因此，他最重要的結論就是對日本要「以德報怨」。他說：

「我們中國同胞們須知『不念舊惡』及『與人為善』為我民族傳統至高至貴的德性。我們一貫聲言，只認日本黷武軍閥為敵，不以日本人民為敵。今天敵軍已被我們盟邦共同打倒了，……但是我們並不要企圖報復……」

岡村終於明白蔣介石不會對他和全體日本官兵進行報復，他也就死心踏地感激蔣介石的恩德。他在8月22日以總參謀長小林淺三郎的名義向各地日軍發佈〈和平後對支處理要綱〉，完全反映感謝蔣介石的報恩心情，要支援中華民國的復興大業，一切以協助重慶中央政府的政權統一為要務，儘管重慶與延安的關係由支那方面自行處理，但是延安方面若有侮日態度的場合，日軍應對其斷然膺懲。

8月20日，岡村接到大本營的命令，將率領麾下在中國的官兵及第十方面軍（台灣）、第三十八軍（北越）、支那方面艦

隊，一共130萬官兵、70萬僑民，共計200萬軍民，向蔣介石投降後，再予遣返回國。

面對如此艱鉅的任務，岡村打從心底明白，如果沒有蔣介石的全力協助，一切將成為泡影。而蔣介石這時候也有他自己的如意算盤。

## 蔣介石的如意算盤

1945年8月中日戰爭結束後，毛澤東就指出，蔣介石現在他要下山了，要下山來搶奪抗戰勝利的果實了。他繼續說：「蔣介石對於人民是寸權必奪，寸利必得。我們呢？我們的方針是針鋒相對，寸土必爭。我們是按照蔣介石的辦法辦事。蔣介石總是強迫人民接受戰爭，他左手拿著刀，右手也著刀；我們就照他的辦法，也拿起刀來。」❻

朱德下令搶佔華北，國共雙方立刻陷入另一場搶佔地盤的戰爭。在美國大使**赫爾利**以催促下，毛、蔣終於展開重慶談判。從8月28日一直談到9月，最後以〈雙十協定〉暫告結束。9月20日，蔣介石在這段期間仍然密令他的部將：「**目前與奸黨談判，乃係窺其要求與目的，以拖延時間，緩和國際視聽，俾國軍抓緊時機，迅速收復淪陷區中心城市。待國軍控制所有戰略據點、交**

❻毛澤東〈抗日戰爭後的時局和我們的方針〉，1945年8月10日

通線，將寇軍完全受降後，再以有利之優勢軍事形勢與奸黨作具體談判。彼如不能在軍令政令統一原則下屈服，即以土匪清剿之。」

　　蔣介石面對中共已經有120萬正規軍，268萬民兵的事實，他首先利用岡村寧次麾下的支那派遣軍擋住共軍，以利他的軍隊迅速進入淪陷區接收。岡村為了感謝蔣介石「以德報怨」，竭盡心力地捍衛國府軍的接收，不惜與共軍再次戰鬥。如果沒有日本敗兵的頑抗，可以予想八路軍與新四軍將如何迅速搶佔華北、華中的廣大地盤。

　　為了使日軍安心，蔣介石下令受降日軍一律稱為「徒手官兵」而不是「俘虜」。如果按照中國人的習性，對俘虜施以暴力是司空見慣的，一旦日軍被迫反抗，那豈不是兩面受敵？蔣介石這一步棋走對了。

　　1945年9月9日上午9時半，岡村寧次率領小林總參謀長，今井參謀副長及其他將領，進入南京舊軍官學校的中國陸軍總司令部。上午10時，在王俊中將、王武參謀的引導下進入會場，正式向國民政府投降。

　　岡村回憶這一刻的心情：「我面臨投降這一未曾有過而且是意料不到的事實，內心十分不快；但盡量保持不失沈著冷靜，在會場上我不時凝視著何應欽的舉動。由於是向我最親密的中國友人何應欽投降，心中也有安然之感。」

　　9月9日20時，岡村向所屬部隊下達投降命令。中國政府同時

也命令支那派遣軍總司令部改稱為「中國戰區日本官兵善後總聯絡部」，委任岡村為：「中國戰區日本官兵善後總聯絡部長官」。

按照當時中國的船隻總噸位，最多只能有38萬噸的遠洋船、20萬噸的近海船，最多只能以一半力量來遣返日本軍民，估計至少5年才能全部遣返，而岡村卻在短短10個月內完成。除了蔣介石的全力配合以外，美軍的登陸艇LST也發揮了作用。

## 頭號戰犯

1945年11月，中共在延安公佈一份戰犯名單中，岡村寧次列為第一號戰犯。然而，蔣介石卻不是這樣看待岡村。

9月10日，何應欽接見岡村和今井等人，還有美軍顧問團的馬基中將陪同。何應欽對岡村表示：「日本已經沒有武裝了，現在開始應該思量中日和平合作了，我們可以互相坦誠共同努力吧！」

11月17日，第一艘遣返日本軍民的船從塘沽出發。在遣返過程中，何應欽等人多次向岡村表明，要招聘日本優秀的軍事專家。岡村心裡何嘗不明白，這是蔣介石的一招，要利用從前的敵人去打當前的敵人——「共匪」。

10月21日，岡村又接到何應欽的召見，加上蕭士毅參謀長三個同樣是日本陸士的同學，談完公事後，拿出甜酒，把酒言歡。

岡村寧次大將

何應欽談的總是中日合作那一套。12月23日，岡村突然接到蔣介石要見他的電話。

　　雙方會談從9時30分開始，只有15分鐘。岡村帶著小林總參謀長前往，中國方面則有商震參謀長、司令部第二處鈕先銘處長等人。

　　岡村首先就投降以來中國政府對日本人的好意表示感謝，接著蔣介石說：

　　「你的身體健康嗎？生活上如有不便，請勿客氣，向我或總司令提出。」

　　岡村：「深感厚情，生活滿好。」

　　蔣介石：「從何總司令處得悉接收順利進行的情況，殊堪同

慶。日本僑民如有任何困難，也請提出。」

　　岡村：「目前沒有，如發生困難，當即奉告。」

　　蔣介石：「中日兩國應根據我孫文先生的遺志，加強合作實為至要。」

　　岡村：「完全同感。」

　　蔣介石始終面露笑容，最後說：「過去的事就如過去的流水，以後我們的剿共任務仍然困難。但光靠美國人的錢和槍是不行的，我們所需要的，是像您這樣的軍事專家。」

　　蔣介石終於透露了他的秘密，昔日的敵將如今成為他「剿共」的秘密武器。岡村的命運開始逆轉，他成為蔣介石進攻中共的謀士，後來又策動了「白團」在台灣秘密訓練蔣介石將士的幕後黑手。這樣重要的人物，蔣介石豈能讓他淪為戰犯而受審呢？

　　1946年5月18日，岡村由翻譯陪同，到何公館向何應欽呈交了《從敵對立場看中國軍隊》文件，呈述他根據日軍在中國戰場的經驗及個人的體會，全面地檢討了國府軍和共軍的優劣特點，並提出國府軍應採取什麼戰法來對付共軍。何應欽只把這份文件轉呈蔣介石及另一個人過目。同時，原支那派遣軍總司令部的延原參謀、永吉中佐等七人，也被調至國府陸軍總司令部，在密室中編寫數十冊的軍情資料。

　　岡村面臨的是他是否被以戰犯處置的前途，國府內部對確定戰犯的範圍問題也是眾說紛云。1946年2月17日，軍事委員會國際問題研究主任王大禎來訪，向岡村透露：

　　根據蔣委員長的方針，確定戰犯範圍以最小限度爲宜。在最高幹部當中有的說十七人，有的說一五〇人。政府雖然想停留在最小限度，但最近各地民衆紛紛來信檢舉，其數字無法估計。與其說親日毋寧說愛日的湯恩伯將軍和我單獨會談時，曾力言戰犯只以某某（未舉其名）一人爲代表即可。

　　國民政府不能不審判戰犯，截至1946年6月底被拘留的戰犯（包括台灣、海南島），已被判處死刑者28人，判處徒刑者73人，扣押2,024人，共計2,143人。10月，國府行政院會議決定：

(1)凡屬無戰犯確證者，於本年底以前一律釋放。

(2)戰犯應在日本國內服刑，其實施辦法將與麥克阿瑟元帥總部協商之。

(3)改善戰犯拘留所的設施及給養。

(4)岡村寧次大將不得歸國，但不拘留，仍以聯絡班長名義，配屬參謀若干人，於當地生活。

　　早在1946年2月間，何應欽就透過鈕先銘、曹士澂、王武三個人傳達口信，總司令部建議政府不以戰犯論了；這根本是蔣介石的意思。在國內外記者的追問下，國府戰犯處理委員會負責人回答說：「岡村係日本戰犯，但自日本投降以來，在維持南京治安、協助我政府接收、受降工作上成績顯著，目下仍任聯絡班長，工作尚未結束。何時對其拘留審理，委員會現正研究中。」

　　岡村通過兩個管道進行疏通：一條經過聯絡官吳文華→中國政府戰犯處理委員會委員長曹士澂少將→國防部長何應欽；另一

條經過龍佐良少將→湯恩伯將軍→蔣介石。更早在1945年12月1日，何應欽在重慶記者宣稱：「中國戰區所有日本官兵，將在9個月時間內全部遣返。總司令官岡村寧次將與原總司令部人員同時遣返，交付盟軍進行審判。」第二天，日本共同社報導：「岡村將作爲戰犯遣返。」

可是，1946年2月12日，鈕先銘、曹士澂、王武等三人卻向岡村透露：「最近中國報紙刊載何應欽談爾：岡村大將將作戰犯予以逮捕的消息，與實情不符，應予更正。」他們又指出，戰犯係由政府決定，與總司令部無干，但對努力配合接收工作者，總司令部建議政府不予戰犯論。政府是否採納尙難逆料。

這個事件一直拖到11月23日，國防部要員又和岡村協商：東京國際軍事法庭要求他和松井太久郎中將出庭作證，中國方面擬以他的工作未了、健康亦有問題爲理由，予以拒絕。如果將來他們再三要求，不得已必須去東京時，中國方面仍對他的一切負責。「我們打算採取作證完畢後仍回中國的方針，答覆美方。」岡村當然欣然同意，一切聽命。幾天後，王俊中將通過今井少將，傳達了國防部長白崇禧上將的口信：

現已決定，岡村寧次最近不和聯絡班同時歸國，因其已被列入東京戰犯名單，一旦歸國，恐將引起國際問題。如在現地審判，則考慮到民衆的反感和國際影響，又難以從寬處斷。因此，對外仍以聯絡班尙有重要工作爲理由，使之繼續留在現地以待時機的緩和。

　　儘管中外報紙一再渲染，延安方面也一再要求審判岡村，國府卻一再拖延，謠言四起。1946年底，各地的聯絡現都已經撤銷，只有在南京一地由岡村和另外二、三人保留了聯絡班的名義。1947年10月7日，南京聯絡班正式結束工作，除了岡村寧次外，其餘日本人全部遣返。陳誠總參謀長又決定把岡村的聯絡班長保留到1948年4月下旬，同時把他送到上海去療養肺病，直到1948年4月遠東國際法庭的審理工作結束後，再讓他到別地去療養。

　　1948年3月29日深夜，岡村由專人護送到上海，次日由東亞協會總幹事王丕承少將安排住進黃渡路王文成的住宅。這是一處十分隱蔽的清靜院落，陳誠下令淞滬警備司令對岡村進行秘密戒護。當時新聞界還以為岡村已經被關進上海戰犯監獄了。

　　7月7日，戰犯軍事法庭檢察官終於發出傳票，命令岡村在12日上午10時出庭應訊。7月12日，岡村在國防部二廳聯絡官吳文華的安排下出庭。8月14日，岡村終於被關進戰犯監獄。22日，典獄長孫介君對他透露：「蔣總統本無意使先生受審，然考慮到國內外的影響，不得不如此，但絕不會處以極刑。至於無期徒刑也好，十年也好，結果都一樣，請安心受審。在受審時，對中國民眾所受災難，要以表示痛心為宜，判決後可根據病情請求保釋監外療養，無論是審理和入獄只是形式而已。」

　　11月中旬，岡村又被保外就醫回到王文成住處，新聞界完全被蒙在鼓裡。1949年1月22日，蔣介石下野，由李宗仁代理總

統。岡村十分傷悲，深怕命運未卜，23日，龍佐良少將來訪，告訴他湯恩伯仍是上海地區警備司令，要他安心受審。

## 無罪回國

1949年1月26日上午10時開庭，下午4時審判長石美瑜宣讀審判結果：「

岡村寧次無罪

理由

⋯⋯本案被告於民國33年11月26日受日軍統帥命令，接任中國派遣軍總司令官。所有長沙、徐州各會戰中日軍之暴行，以及酒井隆等在廣東，松井石根、谷壽夫在南京的大屠殺事件等，均係被告到任之前發生之事，與被告無關。

⋯⋯日本政府正式投降後，該被告乃息戈就範，率百餘萬日軍立即聽命納降，其所為既無上述的屠殺、強姦、搶劫⋯⋯等罪行，只因身為敵軍總司令言，遽以戰罪相繩。⋯⋯」

毛澤東氣得從延安寫文章痛罵一番，他說：「國民黨反動賣國政府的先生們，你們這件事做得太無道理了，太違反人民意志了，我們現在特地在你們的頭銜上加上『賣國』二字，你們應當承認了。⋯⋯你們除去歷次的賣國罪以外，現在又犯了一次賣國罪，而且這一次犯得很嚴重。」

中共聲明，不容許南京國民黨反動政府擅自把岡村宣判無

罪。李宗仁代總統準備和中共和談，電令湯恩伯把岡村押回南京。

　　1949年1月30日凌晨，一艘美籍輪船「維克斯號」悄悄停泊在上海黃浦灘外，岡村寧次老早就躲進船裡，260「名戰犯」在2月3日深夜駛進橫濱。66歲的岡村「因公致病」，被安置到東京國立第一醫院住院，逃過中共的戰犯審訊。

# 第2章

## 白團工作的展開

## 偷渡密話

富田直亮首先找到他在廣東作戰時期的荒武國光（化名林光，陸軍中野學校出身）作為副官，又和一名海軍軍人杉田敏三，三個人從九州搭飛機直接去台灣。

第一梯次一共17個人，富田走後，由於前述的吉川源三（9月21日回國）事件爆發，日美軍警加強九州海岸的巡邏，其他14個人在鹿兒島苦等三個月，直到12月才由橫濱出發。

第二批的酒井忠雄（陸士42期）、藤本治毅（陸士34期）、村繁熊等3人，洽妥英商怡和洋行的藥生，化裝成船員混上船，11月4日從橫濱出發，11月9日抵達基隆，到北投向白團長報到。

12月3日，第三批的岡本覺次郎、鈴木勇雄、內藤進、佐佐木伊吉郎、伊井義正、酒卷益次郎、岩上三郎、守田正之、坂牛哲、市坡信義、本鄉健、河野太郎等12人，也化裝成船員混上船，繞道香港，再到台灣。這次他們搭的是台灣招商局的運蕉船「鐵橋號」，從神戶開到香港，在香港偷渡上岸，一直等到1950年1月4日，才由台灣當局安排，又搭上英商太古洋行的盛高輪抵達基隆。

一上岸，他們就受到宋悼雲的接待，直奔北投的「偕行社」日式宿舍。每個人都拿到保安司令部發給的假身份證及一個中國假名，開始在台北市大直營區建立「圓山軍官訓練團」。

　　1950年秋，又有10個日本軍官渡台；1951年又來了54個人，總計有83名白團成員在台灣。一直到1952年中日和約簽定後，其他人才以各種名義申請簽證來台，例如岩坪博秀（江秀坪）以「中日文化經濟協會研究員」名義，大橋策郎（喬本）以「鳳梨工廠顧問」名義申請來台。

## 蔣介石從重慶敗退回台灣

　　1949年11月14日，白鴻亮、林光由包滄瀾上校陪同，隨蔣介石前往重慶前線參與作戰部署。白鴻亮只用一天時間，就在侍從參謀于豪章的地圖室裡研究敵情。20日上午，他又坐小飛機，偵察重慶周圍解放軍的情況，後來他又去川南第一線視察，見到羅廣文司令。第二天他飛回重慶時，川南已被解放軍佔領了。羅廣文在12月25日向共軍宣佈「起義」。

　　白鴻亮見到羅廣文這個陸士生後，深覺他已經喪失鬥志，不可能有所作為了。回重慶後，力勸蔣介石儘早離開重慶，回台北依原計劃訓練幹部，重新整軍。

　　有關台灣的各種地圖鋅版，已存放在成都，白鴻亮這一趟重慶之行，順利把這些地圖鋅版帶回來。後來台灣的軍事地圖，都以他帶回來的為準。

　　當時解放軍三面進攻，白鴻亮建議國府軍只能兩線同時作戰，蔣介石只好採行。然而，一切都太遲了。27日下午，重慶已

北投的偕行社

感受戰火的壓迫，人心惶惶。蔣介石在傍晚接見白、林兩人，重申對他們不惜犯難來助的盛情，白鴻亮也對未能有所貢獻深表歉意。蔣介石指示他們在28日早晨搭機返回台北，在台北準備國府軍的幹部訓練教育工作。11月28日，白、林擠在國府大員家屬的飛機內，一路卻飛到廣西南寧（當時還在白崇禧的控制下），下機後只好在軍隊紮營的民宅打地舖。第二天清晨，兩個人又搭乘美製舊卡車到南寧機場，直飛台北。這一天，解放軍佔領重慶。

從廣州播遷到重慶的國民政府，又流亡到成都，12月7日再逃到台北。12月8日，劉文輝、鄧錫侯在四川「起義」，盧漢在雲南「起義」投向中共。12月10日，盧漢打電報給在成都的劉、鄧，勸他們扣押蔣介石，作為「人民政府第一功臣」。

　　蔣介石在逃離重慶以前，就下令把所有物質、電台、工廠能毀的毀掉，能炸的炸光，連四架驅逐機和六架教練機，也因為氣候惡劣不能飛行，一併炸毀。更早在9月間，蔣介石下令特務殺死關在重慶白公館的西安事變主角楊虎城將軍及其子；11月25日，另一批政治犯也紛紛被特務屠殺。

　　特務截獲盧漢的電報，蔣介石又匆匆在12月10日下午飛離開成都，三天後逃回台灣。12月11日，國民黨中央黨部遷到台北辦公。蔣介石逃走前，下令胡宗南繼續打仗，然而，胡的30萬人馬被解放軍困在成都盆地，宋希濂在川南活動，也在12月19日被殲，宋本人被俘。12日23日，胡宗南隻身搭機逃至海南島，丟下30萬大軍。

　　1949年耶誕節，蔣介石在日記下寫下：「**黨務、政治、外交、軍事、經濟、教育，已徹底失敗而絕望矣。**」

　　1950年初，胡宗南又飛回西昌收拾殘兵；然而，3月間解放軍攻進西昌，胡又逃回台灣；4月10日，胡部全部被殲。

　　至此，四年的國共內戰基本上結束，蔣介石一共損兵807萬人，其中458萬人被俘；中共方面也損失152萬人。蔣介石暫時保住台灣，迎接另一場嚴峻的考驗。


## 蔣介石東山再起

　　蔣介石在1949年6月24日住進台北市郊草山的一幢台糖公司

招待所。為了怕被世人恥笑他在草山「落草為寇」，硬把草山改名為「陽明山」。

1949年底至1950年初，一共有60萬部隊及50萬公、教、平民，加上大批的特務陸續逃難到台灣。所謂「六十萬大軍」，不過是敗兵殘卒，很多單位官多於兵，或有官無兵。許多士兵是蔣軍敗退時在沿路上抓丁，或把流亡學生、保安隊拼湊的亂七八糟隊伍。❶當時周至柔指揮的空軍，有85,000兵力，各型飛機400架，但嚴重缺乏零件和維修條件，汽油儲存量也只有二個月。桂永清指揮的海軍，官兵35,000人，50艘大小艦艇，和空軍一樣面臨相同的難題。

然而，蔣介石是110萬中國難民唯一的希望。蔣介石在台灣以國民黨總裁身份統率台灣的黨政軍特，頗感不便。在他精心導演下，播遷到台灣的立法院、監察院、國民大會及其他軍政機關也一再電促滯留美國的「李代總統」回來未成，藉口中樞領導無人，敦請蔣介石復職。

1950年3月1日，蔣介石在半推半就下復行視事，並宣稱「進退出處，一惟國民之公意是從」。他要從台灣光復大陸，重建三民主義新中國。

從此，蔣介石一直佔據中華民國（在台灣）的總統，中國一

---

❶筆者在綠島遇見一個十六、七歲就在漢口上學途中被抓丁的蔣文正，他來台灣後一直叫嚷著要回家，結果三進三出政治犯監獄。

度由嚴家淦過度後，再傳給他自己的兒子蔣經國，在台灣建立長達近40年的極權統治。

白團在蔣介石父子最頓挫的風雨飄搖期間，宛如及時雨似地從日本趕來援助蔣介石。

## 只有黨軍，那有國軍

中國近百年的軍隊，從清末太平天國革命（1850～64）以來，滿清的正規軍隊，即八旗和綠營幾乎望風披靡，不戰而潰。曾國藩的湘軍以及後來李鴻章的淮軍等，都是地方鄉勇組成，逐漸取代正規軍，也形成了各地私兵。

袁世凱繼承了李鴻章的勢力，1895年他在天津的小站以德國式練兵，形成北洋軍。袁世凱篡奪國民革命的成果，以他的北洋軍強力鎮壓孫文的二次革命（1913～14），他自己稱帝失敗（1915～16），袁死後中國陷入軍閥割據的局面：在華北、華中有皖系段祺瑞、直系馮國璋、東北（奉系）張作霖、山西的閻錫山、四川、廣東、廣西（桂系）、雲南等大小軍閥割據，互相攻代。

孫文投奔廣東軍閥陳炯明，在廣州自任中華民國非常大總統（1921）。陳炯明反對北伐，主張「聯省自治」，被孫斥責，甚至以八吋大砲毒氣彈威脅，逼陳炯明反抗，1922年6月砲轟總統府，孫文躲在珠江上的永豐艦內一個多月，蔣介石適時地出現護

駕。1923年1月，粵軍鄧演達聯合滇、桂軍趕走陳炯明，孫文在2月重返廣州，擔任大元帥。

共產國際在列寧、托洛茨基的指示下，下令新生的中國共產黨（1921年建黨）加入國民黨。1921年12月，共產國際代表馬林建議孫中山組織一個聯合各階層尤其工農群眾的政黨和創辦黨軍的軍事幹部學校。

蘇俄在1917年建國以來，面臨十一國聯軍及舊俄勢力的內外夾攻；托洛茨基組織一支佈爾什維克的紅軍，即共產黨軍隊，歷經三年半終於逐漸擊潰侵略軍及白俄軍，黨軍取代了正規軍隊在共產黨統治下，軍隊為黨服務。這種模式也被搬到中國來，孫文痛感自己從來就沒有一支效忠於他個人的軍隊。黨軍取代了國家正規軍隊，在共產黨統治下，才被軍閥趕來趕去，立刻派蔣介石、張太雷、沈定一等人組成「孫逸仙博士代表團」，赴蘇聯考察黨務和軍事（1923年8月）。

1924年1月，中國國民黨第一次全國代表大會在廣州召開，進行國共合作。1月24日，孫文成立「陸軍軍官學校籌備委員會」，後來又指定黃埔島上的原廣東陸軍學校和廣東海軍學校為陸軍軍官學校校址，建立黃埔軍校。

蘇俄專家使孫文覺悟，要推動革命及維護革命的成果，必須有一個以思想（意識形態）掛帥的黨，及一支捍衛黨的武裝力量──黨軍。

由於佈爾什維克根本沒有專業軍人，紅軍元帥托洛茨基大膽

地啟用沙皇時代的舊軍人（幾乎佔幹部的73%），只有在軍中設置一個政治委員。政委一方面監視舊軍人，同時做黨在軍中的政治及宣傳工作。各部隊內設黨代表，指揮官必須有政治委員的簽署才能發佈命令。

國民黨和中共都仿效紅軍這一套，中共二野政委鄧小平最後成為毛澤東以後中國最有權力的強人。在台灣，至今軍隊仍有政工（輔導長）；在中國，中共的軍隊也仍有政治委員。一切以捍衛黨的權益為第一，國、共雙方都是黨指揮槍桿子。人民解放軍捍衛「黨國」，不惜向人民開槍（1989年六·四天安門事件）；蔣介石的黃埔系軍隊，號稱國民政府正規軍，卻只為他個人服務。

黃埔軍校在蔣介石率領下，1924～49年及台灣繼續開辦，一共招收幾十萬學生。國共雙方主要將領都在前六期12,000多人當中產生，包括了中共十大元帥中的五個：葉劍英、陳毅、林彪、徐向前、聶榮臻；十大將的三名：許光達、陳賡、羅瑞卿；57名上將的八名、17名中將的七名……。在國民黨方面，也有周至柔、王叔銘、桂永清、黃杰、劉安祺、劉玉章、胡璉、高魁元、彭孟緝、胡宗南、陳大慶、毛邦初、鄭介民、毛人鳳、戴笠等軍，特要員。

總之，國共雙方的軍隊都是黨軍，而不是政府軍，以黨治國，以黨領軍。至今中國及台灣仍沒有所謂「國軍」可言。

## 重拾軍人魂

「槍桿子出政權」是蔣介石一輩子的座右銘，毛澤東也師法他。

蔣介石把在大陸的失敗完全推給國民黨缺乏革命哲學作基礎、思想不統一，「徒有完美的主義，高尚的哲學而不能實踐篤行。」

他把軍事上的潰敗推給他的部下，進而鼓吹反共的「新武德」為核心的「革命人生觀」，要求官兵建立「主義、領袖、國家、責任、榮譽」五大信念，時時「乾乾惕惕，操危慮患」；一旦和中共交戰，則「不成功，便成仁」。

1950年5月21日，他在圓山軍官訓練團開學的致辭上指出：

「這一次訓練的目的，是要從慘痛的失敗之後和無上的恥辱之中，來從頭做起。就是要以『從前種種譬如昨日死，以後種種譬如今日生』的新生精神，所謂重起爐灶，重振旗鼓，徹底悔悟，徹底改革，誓必消滅共匪，驅逐暴俄，完成國民革命，復興中華民國，洗雪國民革命軍過去一切的奇恥大辱。因此可以說，今後我們國家的存亡，以及個人的成敗與榮辱，都要從這一次訓練來決定。」

黃埔軍校第一期（1924年6月～11月）幾乎不到半年就畢業；第二期（1924年8月～1925年9月）也不過訓練一年，第三期

（1924年冬招生，1925年7月正式成為三期生，1926年1月畢業）；第四期（1926年1月～10月）；第五期（1927年5月畢業）；第六期（1926年7月～1929年2月）。此後歷經北伐、內戰、抗日戰爭及國共內戰，到1954年10月才仿效美國西點軍校改制為四年制。

蔣介石在1949年10月16日於革命實踐研究院開學致辭中坦承：「**我們國民革命軍自成立以來，因為軍事教育的制度沒有確立，所以軍隊中始終沒有樹立學習和研究的精神，以致今天一般高級將領不學無術，愚昧無知，為中外的諷刺，為社會所鄙棄。對於戰略、戰術的修養，不僅毫無根底，而且不加切實的研究，甚至連軍校時期所學得的一點知識，都已經拋棄殆盡，像這樣的將領來指揮作戰剿匪，如何能不失敗呢？**」

日本一般士官學校必須有三年的教育。而蔣介石的軍事幹部幾乎都是速成班，甚至幾個月的受訓就帶兵，他們完全受制於蔣介石的幕後遙控，如何打仗？

曹士澂也提出：國民政府軍從大陸敗退以來，士氣低落，加上長久以來的戰爭而沒有統一的軍隊，蔣總統首先要建立精神教育，重新確立黃埔軍校的精神。

在如此危急的情勢下，白團扮演了重新整頓蔣軍的艱鉅任務。

## 為什麼要請日本教官

蔣介石在圓山軍官班第一期開學典禮上指出：「此次聘請的日本教官，不但是在陸大畢業，學識最優秀的軍事人才，而且是作戰經驗最豐富的青年將校，你們一定要虛心受教，凡是他們的一言一行，就是他們的精神態度、行動、語句各種優點，都要留心學習，視為模範。」

蔣介石回顧過去聘任過德國、英國、美國及俄國教官，「過去費了這麼多精神和金錢。請教了許多西方國家的軍事教官，幾乎集中全力來辦理軍事教育」，結果是一敗塗地，整個大陸完全淪陷。他分析原因是：第一，東方和西方的物質條件迥然不同，「我們的物質條件不但不如英美，亦且不如其他國家。而且西方國家軍隊作戰，根本就是一種物質條件的計算，如果物質不能超過對方，他們就認為沒有致勝的把握，只有屈服投降，這種觀念，我們東方人是不能接受的。」

第二，就精神方面：「歐美各國科學發達，一般軍官不但普遍具有科學的常識，而且他們自小學中學畢業後，就養成了一種自由自動的意志，負責達成任務的精神，因此一般西方教官對於這一方面的精神教育，認為在軍事教育裡，根本沒有必要。」

總之，「過去的軍事教育，最大的缺點就是沒有注意培養自動負責，誓死達成任務的精神。不僅如此，而且還沾染了他們個

人自由主義和優厚享樂的心理」；因此，如果軍官離開了長官的督導，更是不知負責任、守紀律，對於一切命令都是陽奉陰違，不能貫徹了。

蔣介石苦口婆心地告誡他的子弟兵，要向日本人學習，惟有東方文化相同的日本人，「以東方人知道東方人的性能，東方人知道東方人的道理，這樣的訓練，才能夠眞正復興東方固有的道德精神，建立東方的王道文化，完成我們的革命大業，洗雪過去的奇恥大辱。」

蔣介石力斥軍隊中反對向被中國打敗的日本軍官爲教官，他坦承：「**老實說，我們抗戰的勝利，一半是靠總理的主義和正確的國策，一半是靠友邦美國的援助，才有如此僥倖的勝利。難道日本眞是我們打敗的嗎？**」

蔣介石畢竟講了實話，但是不再檢討國共內戰眞正戰敗的主因在他自己的胡亂指揮，以及他的黃埔嫡系幾乎個個貪生怕死，躲在後方，驅使雜牌軍去「打共匪」，弄得這些雜牌軍紛紛「起義」投奔解放軍，反過來「打蔣」的局面。

1947年5月，他的五大嫡系之一整編74師全部被殲，張靈甫師長在山東孟良崗飲彈自盡後。蔣介石大怒，痛斥部將說：「以我絕對優勢之革命武力，竟每爲烏合之衆所陷害，此中原因，或以諜報不確，地形不明，或以研究不足，部署錯誤，馴至精神不振，行動萎靡，士氣低落，影響作戰力量，雖亦爲其重要然究其最大缺點，厥爲各級指揮每存苟且自保之妄念，既乏敵愾同讎之

認識，更無協同一致之精神，坐視為敵所制，以致各個擊破者，實為我軍各級將領取辱招禍之最大原因。」

這才是蔣介石最大的悲哀，他只能求助白團來改造他的黨軍，重振黃埔軍魂了。

## 「白團」開始作業

白鴻亮隨蔣介石從重慶飛回台北後，其他偷渡來台的一共17人，都已陸續抵台。他們首先到鳳山和台中視察陸軍及裝甲兵的實況。

日本人首先發現蔣軍的素質並不比日本兵差，問題是教養程度太差了。誠如後來（1951～64年）擔任圓山軍官訓練團裝甲戰術教官兼陸軍第32師主任教官的**村中德一**（孫明，陸士45期，陸大53期，騎兵出身的大本營陸軍參謀中校）指出：「下士官的素質，其指揮技能、教育技能不如舊日本軍的上等兵；小隊長也不過舊日軍的伍長程度……總之，指揮、教育能力太差了。」他們向蔣介石反映了這個事實。

1950年3月中旬，白團團長富田直亮，向蔣介石報告了共軍犯台的可能性，在座的還有彭孟緝、劉牧群、張柏亭等將領。白團長毫不諱言地指出：

匪勢雖然猖獗，卻是一群烏合之眾，說不上正規軍的條件，其所以僥倖，是由於國軍精神渙散，士氣低落，是自己腐蝕的，

中山幸男（左）
與村中德一（右）

不是被共匪打敗的。

　他建議振衰起敝，恢復官兵信心，加強整訓，鞏固基地。這一點正是蔣介石最痛心疾首的當務之急。

　白團長繼續分析中共犯台的可能性，以二次大戰盟軍登陸諾曼第為例，以中期現有渡海船隻，最大一次運載量不過三萬人，從上海到基隆必須三天。依過去美日作戰經驗，最多只有1/3到達目標海岸，或許在海上就被我軍全部擊滅。即使登陸，充其量不過在灘頭固守待援，而第二次船團回來，至少10～15天，這段期間，搶灘上岸的共軍可能早就被我殲滅了。

因此，他給蔣介石一顆定心丸，目前匪軍尚無力渡海來犯。台灣是海島，必須有防衛戰的「大島反登陸作戰」全套戰備。軍隊的整訓以精神武裝勝於物質裝備，確立官兵戰至一兵一卒，仍有死裡求生的鬥志。日軍在太平洋戰爭末期的《島嶼作戰教令》，可供參考。

難得蔣介石一面聽，一面笑呵呵，這下子他可以安心在台灣閉門稱王了，聽完簡報後，蔣介石下令，在軍官團教育中，特別加上登陸戰史和反登陸作戰要領的課程，並要白鴻亮介紹日本武士道精神等等精神講話。

## 圓山軍官訓練團開課

1949年11月28日，白鴻亮飛回台北，開始著手圓山軍官訓練班的教育準備工作。1950年1月6日，從橫濱經香港達基隆的十二個日本軍官也來了，一共十七名日本教官組成的白團開始運作。

他們個個隻身來台，沒帶一本教科書。台灣方面，陳誠和孫立人對白團都頗為排斥。圓山軍官俱樂部正在建設時，有一次陳誠正好經過，他看過後相當不滿意，還說了一些現在建設已經來不及的話。留學美國維吉尼亞軍校的孫立人將軍，則直接對白團的成員表示，跟他們沒有什麼可學的，要學就向美國學得會更多。

在這樣低迷的氣氛下，1950年2月1日，圓山軍官訓練班在基

隆河畔的圓山成立，蔣介石指定彭孟緝中將為教育長。6月6日，第一期開學，蔣介石親臨主持典禮並予訓話，也把這個班改為圓山軍官訓練團，自任團長。

蔣介石在開訓典禮上指出，今後訓練的目的首先是使三軍各種兵種之間聯合作戰都能夠協同一致。其次是注重指揮技能與戰術運用。他要求學員特別注重軍人的教育，嚴守紀律，貫徹命令，達成任務以及指揮技能和戰術運用的訓練。

蔣介石要求白團首先重建部隊的士氣和提高反共精神，白團提出具體方案為：

第一階段：在圓山軍官訓練團短期訓練一段中、高、下級軍官。目的在徹底提升各級軍官的精神團結及學術向上。

第二階段：建立實驗部隊，白團派遣十多名教官，和部隊共同生活教育他們。

第三階段：推行和日本陸大一樣精神的中、高級將校的長期軍事教育。

第四階段：建立台灣全島各軍、公、民間機關統一動員體制。

第一期開訓，分別由各個教官以戰術為主，下分戰史、情報、通信、後勤各科訓練，才35天匆匆完成。蔣介石要求白團在6月25日、26日兩天展開陸海空三軍聯合演習。團員向白鴻亮反映根本不可能如此草率，但是白鴻亮說蔣介石十分堅持。

白團成員費了二個星期不眠不休地準備，由**本鄉健**（陸士36

期，化名范健）這位砲兵大佐（上尉）統籌。演習以三軍聯合對抗登陸戰，出動4個師和150架飛機。白團要求對空實彈射擊，演習成功。蔣介石率領陳誠、孫立人以下全體軍事將領參觀，十分滿意，並藉此向孫、陳等人訓了一頓。

孫立人、陳誠才開始改變對白團的態度，和日本教官握手言歡。1951年3月，當岩坪博秀來台灣時，就接受孫立人款待白團成員，這次演習的成功，才有如此的結果。

原定在1950年初開學，由於蔣介石忙著飛去中國西南巡視，而且白團成員又未及時到齊，只有拖到5月22日才第一梯次開學。6月1日，軍官訓練班又改為軍官訓練團。蔣介石自任團長，由彭孟緝擔任教育長，張柏亭為副教育長，兩個人都是留日的軍官。後來，蔣介石又增加了空軍胡莊如上校、海軍汪濟上校為副教育長，分掌教育、人事及經理業務。校內再派學生大隊，由王化興少將為大隊長，他也是留日的中華民國學生隊第23期（相當於日本陸士44期）畢業的。

## 普通班

普遍班以訓練少尉至少校級軍官為主，通常只有一個多月的培訓。教育的內容為步兵操典做中心的各個教練，以及師級戰術為主的戰術教育。

白團在白鴻亮率領下，17個人展開對蔣介石軍官的再教育，

留日軍人也組成副總教官室，由徐之佳爲副總教官，蔡宗濂、王
丕承、王和璞、鈕先銘、趙學淵、金定洲、陳永立、翟家林、謝
保民、鄧聖象、宣壇、張錦燦、黃蓮茹、蔣建文等爲教官，配合
日本教官，在幕後工作。

### 普通班受訓實況　　　（合計4056名）

| 第 1 期 | 1950.5.22～6.26 | 156名 |
|---|---|---|
| 第 2 期 | 1950.7.10～8.18 | 188名 |
| 第 3 期 | 1950.9.6～10.18 | 212名 |
| 第 4 期 | 1950.11.15～12.20 | 329名 |
| 第 5 期 | 1951.1.11～1.18 | 509名 |
| 第 6 期 | 1951.1.26～3.31 | 618名 |
| 第 7 期 | 1951.7.4～8.12 | 411名 |
| 第 8 期 | 1951.9.3～10.8 | 439名 |
| 第 9 期 | 1951.10.20～12.3 | 470名 |
| 第10期 | 1951.12.17～1952.1.24 | 729名 |

　普通班的下級軍官不是蔣介石的黃埔嫡系，黃埔生後來是接
受高級班訓練的。日本教官回憶說，這批雜牌軍官的程度十分
低，只能從步兵操典的訓練開始。戰術教育也十分重視，總之，
是拿日本陸軍士官學校教育那一套來教的。這批日本教官和中國
人副教官都一樣是陸士生，問題是如何在一個月就把落荒而逃到
台灣的敗兵殘將教育出來？充其量不過是「對立正、稍息」有重
新的概念罷了。

## 高級班

　　高級班是蔣介石的黃埔嫡系，即上校至少將級軍官受訓的。內容以兵站為主題的軍團戰術課程，每期上課約3個半月，等於日本陸軍大學程度的教育。

### 高級班實況　　　　（合計640名）

| 第1期 | 1951.4.9～7.23 | 30名 |
|-------|---------------|------|
| 第2期 | 1951.8.13～11.7 | 258名，加上8名旁聽 |
| 第3期 | 1952.2.25～6.23 | 277名，加上67名旁聽 |

　　蔣介石十分關心軍官教育，他的日文帶著濃厚的浙江口音，完全靠在日本警察學校唸書的包少將翻譯，否則日本教官根本聽不懂他在講什麼。

　　為了改變孫立人、陳誠等悍將對白團的不滿，蔣介石要求白團策劃一次三軍登陸演習。在普通班第1期結業不久，1950年6月10日，蔣介石召見富田直亮，責成他在6月24日舉行3個陸軍師、全體海、空軍參加的對抗登陸作戰演習。

　　富田緊急召集17個人，日本要演習，也是先在春天現地考察，到秋天才演習。要在二個禮拜內準備，何況這個3個師，加上言語不通，一切困難重重，許多團員紛紛反對如此的冒進。

　　富田一再說明蔣介石的堅持，只能無中生有，本鄉健在二週內幾乎不眠不休地籌劃。6月24日，終於二天內完成演習。

最令蔣介石感動的，這次是蔣軍第一次實彈演習。尤其空軍直升機必須冒著槍林彈雨，但也絕對服從命令。每一個炮彈都從步兵的腦袋上飛過，步兵必須向前衝。過去指揮官都用紅色及白色旗子指揮前進或後退，白團教官改用電話下達命令給攻擊部隊及假想敵部隊，使演習有如實戰的感覺。

蔣介石作了二個半小時的講評，一向對日本教官不滿的將領，也從此改變態度，尤其陳誠和孫立人，更是笑嘻嘻地和日本教官握手。

蔣介石擔心共軍會進犯台灣，又要求白團在7月至8月間，在台灣中、南部舉行另外兩次的防衛演習。第二次演習由守田正之（陸士37期，擔任過陸士第41期及43期的區隊長）主持；第三次則由市坡信義（陸士43期）統籌。總之，這三次演習都十分順利。

蔣介石在每期開學時都會去訓話，有一次他痛斥一個正在打瞌睡的人，後來有人告訴他，那是日本教官酒井忠雄，蔣介石才轉怒為笑，成為當時一段有趣的插曲。

## 高級班教育

白團成員陸續集結來台，最多有76名。他們分派到圓山、湖口，但每個星期日早上在北投的偕行社舉行會報，由富田直亮主持，會上大家提出具體意見，並充分討論。

　　1951年4月9日至7月20日，高級班第一期開課，由蔣介石挑選105名左右的上校至中將級將領，包括師長、軍長等蔣軍精銳受訓。由於根本沒有講義，白團必須靠以前的作戰經驗來講課。學員的態度十分認真。岩坪博秀針對過去日本軍人輕視後方的態度，強調後勤的重要性。趙桂森中將（黃埔六期交通科畢業）在戰後擔任過後勤總司令部參謀長、運輸署長，他是第1期學員，深得岩坪教官的賞識。

　　高級班一共3期，起先陸軍政治工作系統人員不參加，後來也加入學習了。第2期起又有許多老將領來旁聽；總之，高級班是當時蔣軍的陸軍將領同學會似的熱鬧。

　　這時候系賀公一也從日本偷渡來台，他在高級班擔任司令部演習計劃的任務。岩坪教官還記得，當時他在第1期作了20小時的後勤工作講課，都由包先生翻譯；在大講堂上，包先生必須大聲翻譯的情景。

　　蔣介石十分重視這個高級班，每次親臨，總是三令五申要部屬注意日本教官的話，不過，岩坪也注意到，有些將領上課猛打瞌睡。

　　系賀教官主要教的是戰術，中國人一向死愛面子，日本教官一旦問起他們：「這算什麼戰術？」的時候，他們的面子就掛不住了。日本人終究摸透了中國人的心，就會說：「您的提案非常好。」博得他們一笑，保住面子。

　　最令白團傷腦筋的是教材，他們在台灣必須自己編，又不能

帶回日本，10年下來，這批苦心編纂的教材，都丟在國防部的圖書館某一個角落，至今有誰會去翻閱？

白團軍官苦心編寫的《統帥綱領》、《兵站勤務令》或《輜重隊勤務令》，只有任憑歲月去折磨了。想到這裡，岩坪教官等人也只有苦笑了。

岩坪還記得第2期有一位叫方覺先的將領來上課，他在1944年4月的日本打通大陸作戰時參與過衡陽、貴陽戰役，方軍長兵敗被俘，很快逃走，而受到蔣介石的褒揚。他在上課時才知道日本進攻的過程，這位中將終於覺悟到當時日本軍的實力。

白團也在每一期結業時對每個將官有所評定，這些情報都轉回到東京的小笠原清，也許日本人對蔣軍將領的手下留情，也不是蔣介石可以明瞭的吧？

## 韓戰救了蔣介石

圓山軍官訓練團第一期開始訓一個月，1950年6月25日，金日成揮師超過北緯38度線，入侵南韓，李承晚政府的軍隊簡直是土崩瓦解，節節敗退，北韓部隊迅速指向漢城。

在東京的GHQ統帥麥克阿瑟立刻決定派費爾德為首的「駐台軍事聯絡組」進駐台灣；同時致電蔣介石，詢問他在確保台灣安全的前提下能否派一個軍馳援南韓；並要求蔣介石嚴密監視中共軍隊的動態。

蔣介石簡直是喜從天降，在接見過費爾德以後，召集各方面軍政要員深入研究後，決定派遣52軍（附3師）立刻準備開赴南韓作戰。同時，他又通過外交程序向美國總統杜魯門提出這項建議。

6月26日，杜魯門下令麥帥馳援南韓，6月27日發表公開聲明，其中涉及台灣部份，他指出：「鑒於台灣如果落入共產黨手中，將直接威脅太平洋區域的安全，並威脅到在該地區履行合法而必要之活動的美國部隊。因此，余已命令美國第七艦隊必須防止任何對台灣之武力攻擊。另一方面，余也呼籲台灣的中國政府停止向中國本土的一切海空行動。台灣將來的地位，須俟太平洋恢復安全，即使日本的和平條約成立之後，或者由聯合國之決定後，始可確定。」

第7艦隊在三天後駛進台灣海峽巡弋，從此蔣介石不再被山姆大叔遺棄，反而因為東西冷戰及韓戰的爆發，有了美國當靠山，他就在台灣關起門來，大打「匪諜」打擊異己稱王至終。

對於蔣介石藉韓戰出兵，企圖拿美國裝備及保護傘重做他的「光復大陸」美夢，美國政府始終十分警惕。7月31日，麥帥由東京飛台北，和蔣介石會談，並在會後派駐美國十三航空隊常駐台灣。杜魯門十分不滿麥帥擅自行動，立刻派艾夫里爾·哈里曼去東京解釋美國對台政策說：「絕不應允許蔣介石成為發動對大陸上中國共產黨戰爭的導火線，這樣的結果可能使我們捲入另一個世界大戰！」

　　然而，美國也基於世界戰略——圍堵共產主義國家的政策考慮，不得不軍援蔣介石。8月18日新任駐台公使藍欽抵台履任，二年後正式升爲大使。9月15日，麥師登陸仁川，把北韓等完全擊退，並進攻至鴨綠江邊。10月19日，彭德懷指揮的中國人民志願軍跨過鴨綠江支援金日成。美國和中華人民共和國的關係更加惡化，蔣介石反而坐收漁人之利。美國成爲蔣介石的超級大保鏢，1951年5月，美國駐台灣軍事顧問團成立，蔣介石更加志得意滿。

## 革命實踐

　　蔣介石兵敗台灣，不得不檢討他幾十年來帶兵用人的失敗。他的狗頭軍師——在哈佛大學研究地理的**張其昀**被提報爲中央改造委員會主任委員，事實上由他自己的兒子蔣經國主持，一面整頓黨務、軍務、政務，一面重建敗兵殘將的「反共必勝、建國必勝」的信心。

　　1949年10月16日，在草山成立了「革命實踐研究院」，蔣介石自兼「院長」，同年10月31日又由陳誠代理院長，如此情況下，才有「革命實踐研究院軍官訓練團」的成立。這兩個機構的根本目標是：**爲國家造就人才，以應反共復國之需要，完成國民革命未竟之大業**」。

　　蔣介石要求學員所研究的：「大抵爲制度、戰略、政策各種

原則之研究，理論基礎，哲學思想，行動綱領之建立」。他進而要求學員經此訓練後，「務求達到生動活潑，使學者能發揮其蓬勃之朝氣，堅忍不拔之決心與再接再厲之奮鬥精神。」

如此神勇的鬥志，爲什麼需要「白團」的訓練蔣介石的將領呢？這個歷史之謎，就讓我們來解碼吧！

## 改造軍隊

60萬殘兵敗將擠在台灣島上，不比當年躲在重慶「抗日」。這群被中國人民解放軍打得聞風喪膽的烏合之衆，蔣介石倚靠陳誠在台灣的部隊予以改編。

**陳誠**在1948年8月出任東南行政長官公署長官，他下令凡從大陸撤退到台灣的軍隊，必須先放下武器，然後按照台灣警備總司令部的安排，在指定地點登陸，重新整編。這次整編一共取消了10多個兵團司令部，30個軍部及裁併7個軍事單位。

何應欽系的關麟徵、李默庵等不肯去台灣；顧祝同、蔣鼎文等失勢。湯恩伯退據金門，後來被陳誠的部下胡璉擠走；1954年病死日本。「西北王」胡宗南在1950年5月，又被監察院彈劾他「喪師失地，貽誤軍國」，打入冷宮。1951年9月才被蔣介石重新啓用，化名「秦東昌」在浙江沿海的大陳島指揮「浙江人民反共游擊隊」。1953年7月他和美軍顧問不知，被蔣經國接回台灣；1955〜59年間出任澎湖防衛司令，從此失勢。

至於山西軍閥閻錫山、桂系白崇禧及其他大小軍閥——四川的楊森、廣東的陳濟棠等人，也只有掛名「光復大陸設計委員」、「國策顧問」等，在台灣混日子等死。

權傾一時的**何應欽**這位日本陸士高材生，前行政院長兼國防部長的陸軍一級上將，卻只被蔣介石賞個「總統府戰略顧問委員會」主任的閒職。

對於異己軍人，從1950年起先後以「通匪」、「叛亂」罪處決的，包括前台灣行政長官陳儀、國防部參謀次長吳石，第4兵站總監陳寶倉、陸軍上校聶曦等，以及被逮捕判刑的數十名軍官。

蔣介石一面倚靠陳誠整編部隊，又同時縱容兒子蔣經國在軍中建立特務系統——政工。1950年蔣介石重新登基後，在國防部下設置政治部，以蔣經國為主任。4月，國民黨又頒佈《國軍政治綱領》，規定由政工（即中共的政委）來領導軍隊的政治思想教育，代表國民黨來考核官兵思想，監督所屬單位人事經費及核實人員馬匹。

1951年6月，蔣介石又公佈《陸海空軍士兵退除役辦法》，規定一級上將70歲退除役、士兵40歲，少校49歲、少將57歲、上將64歲……退除役，把老弱殘兵和雜牌軍將領大量淘汰。1951年8月，國府在台灣開始徵兵。12月，立法院通過《兵役法》，規定凡年滿20歲的青年必須服兵役，陸軍二年、海、空軍三年。蔣介石終於完成了軍隊換血的大業。

## 陸士畢業生與白團

白團來台灣前後，首先接待他們的，當然是日本陸士的後輩。

日本宣佈投降後，今井武夫副參謀長奉岡村大將命令飛湘西芷江，接受何應欽的指示，就由王武上校（中華民國學生隊27期生）當通譯。當時的國府陸軍總部，尤其第二處有不少陸士畢業生，例如第二處長鈕先銘（中華民國學生隊22期，相當於陸士第43期生），副處長宮其光（學生隊第20期）、王武、陳昭凱（28期）、劉建義（22期）、王亮（王武之弟）等人。

另外，又有工兵指揮官馬崇六中將（學生隊15期生），砲兵指揮官彭孟緝中將（日本野戰砲兵學校畢業），在大本營軍令部第一處（日本處）也有處長鄭冰如（學生隊22期）、副處長李立柏（21期）、林秀欒（26期）等；加上高級參謀王俊中將（14期、工兵科）、曹大中少將（20期）等陸士同學。

這些人有的從戰後處置日本戰犯，一直到居中聯絡成立白團，以及後來有些在台灣擔任白團的聯繫工作，都發揮了他們的「陸士同窗」精神；而蔣介石也樂得利用這些批陸士生，並把彭孟緝擢升為圓山軍官訓練團的教育長。

**彭孟緝**（1908～98），湖北武昌人，黃埔軍校第5期砲科，日本野戰砲兵學校畢業，回中國後擔任砲校主任教官。1932年他

加入蔣介石的特務組織復興社，歷任砲兵指揮官，曾經參加淞滬戰役，1945年隨陳儀來台灣，1946年爲高雄要塞司令部司令。

1947年二‧二八事件爆發，台灣各地人民紛紛起義反抗陳儀的暴政。3月6日，二二八處委會派五名代表至高雄要塞司令部勸彭孟緝投降，反而被他當場槍殺涂光明等3名代表，扣押高雄市副議長彭清靠，放半山市長黃仲圖下山。接著，彭孟緝指揮駐軍衝下山，從高雄市沿途一路屠殺手無寸鐵的台灣人，高雄火車站前地下道出入口，堆滿了被屠殺的人，連婦女小孩都不能倖免。這場屠殺持續二天。

彭孟緝因爲鎮壓台灣人，被蔣介石擢升爲台灣省警備司令，1949年1月又出徵台灣警備總司令部副司令，再歷任台灣衛戍司令、台灣保安副司令等要職。以他在戰後才當個高雄要塞司令的小官，一下子竄升，就是靠踏在台灣人的屍體上面爬起來的。蔣介石當然欣賞這種屠夫，1952年又升他爲陸軍二級上將，1953年7月爲副參謀總長，1955年爲參謀總長，1957年～59年爲陸軍總司令，1959～60年再任參謀總長，1965～66年暫時爲總統府參軍長，1966年外放爲駐泰國大使，1969～72年更成爲駐日大使。1972年他才回台灣，開始打入冷宮成爲總統府戰略顧問。

彭孟緝毫無戰功可言，更非蔣介石的浙江「阿拉」嫡系，卻以屠殺台灣人及和白團的特殊關係，不可一世。

第**3**章
虛構的反攻大陸聖戰

# 反攻時間表

韓戰解救了蔣介石，在外有美國第7艦隊當保鑣，內有特務鎮壓異己及台灣人民的優勢下，蔣介石在將近三十年裡天天喊著「反攻大陸」的聖戰口號。

當過台灣省主席，後來被蔣氏父子趕出台灣的吳國楨就指出：蔣介石自始至終就沒有真正「反攻大陸」的打算。●蔣介石在台灣苟安偏隅，閉門稱王，卻年年開出反攻大陸的不兌現支票，除了放屁安狗心之外，就是拿反共戒嚴體制來反制台灣。

1949年6月26日，蔣介石開出第一張反攻大陸的空頭支票，他在台北召開東南軍區會議上發表了《本黨革命的經過與失敗的原因結果》講話中，提出只要經過整頓黨、政、軍不出三年就可以消滅「共匪」。他提出的口號是：湔雪耻辱，報復國仇，誓滅共匪，完成革命；精兵簡政，縮小單位，自動降級，充實戰力；半年整訓，革新精神，一年反攻，三年成功！

不料中共人民解放軍勢如破竹，西北、西南半壁江山很快就失去了。蔣介石驚魂甫定，在1950年3月復職後，又說：「但是後來戰局變化太快，整個的西北和西南，不到四個月時間，就全部陷落在敵人的鐵蹄之下，這是我始料所不及的。」他承認以前

---

●吳國楨《八十憶往》

太好高騖遠了。因此,「今天我們要恢復整個大陸1,200萬平方公里的土地,徹底消滅毒辣陰險的國際共匪,當然是需要長期間的艱苦奮鬥,才能有效。」

當記者問道,究竟什麼時候開始反攻大陸?蔣介石卻又吹牛說:「今後三個月內,共匪如果來侵犯台灣,那就是我們國軍迎頭痛擊,乘勝反攻大陸的時機;這樣,三個月以後,我們就可以正式反攻了。」

又有記者問他,如果共匪始終不敢來攻台灣,我們何時反攻大陸呢?蔣回答說:「如果共匪始終不敢來侵犯台灣,那台灣亦要在一年之內,完成我們反攻大陸的準備,至遲一年以後,亦必能實行反攻大陸。」❷

就在他開出第二張反攻空頭支票後,人民解放軍已經打到台灣的外圍──海南、舟山群島了。蔣介石下令全軍「轉進」台灣。為了欺騙台灣軍民,他又在《為撤退海南、舟山國軍告全國同胞書》上,開出另外一張反攻空頭支票來:現在我們再將政府反攻大陸的計劃,總括四句話對同胞重說一遍,就是『一年準備,二年反攻,三年掃蕩,五年成功』。」

五年很快又匆匆過去了,蔣介石只好在1959年5月17日在國民黨八屆二中全會上,以《掌握中興復國的機運》,又提出「再過十年」的空頭支票,不過,誰都心中有數,這又是一張一再退

---

❷《先總統蔣公全集》第2冊

票的空頭支票。

## GHQ召喚岡村寧次

1949年秋，由於台灣義勇軍問題被媒體炒熱，日本國會議員也追究這個問題，使岡村寧次也受到池魚之殃。吉田茂首相被議員問及是否有「白團」存在時，他透過最高軍官顧問辰巳策一，向參議院否認了白團的存在。

辰巳精通英語擔任使館武官始終堅決反對德義日三國防共協定，太平洋戰爭後他更極力反對日本以英、美爲敵。辰巳被吉田茂延攬爲最高軍事顧問，經常出入聯軍駐日總部(GHQ)的參謀第二部(G2)，和G2的主持者查爾斯·威羅比交換情報。此外，又有服部卓四郎、西浦進等舊軍人也在G2工作。

岡村正好接到蔣介石的來信，當然派人向中國代表團通知這件事。1950年3月，岡村由小笠原清陪同去日比谷的GHQ總部，接受G2某個上校的問話，他仍舊一貫地堅稱他們在終戰後要報答蔣總統的恩義，這個行動並無損美國的利益；美國就是對中國大陸的認識不足，才會失去大陸的。

結果，美國上校對他的問話也就不了了之。麥克阿瑟元帥當然知道白團的動向，日本政府也睜一隻眼閉一隻眼。總之，白團去台灣是要訓練蔣介石的反共軍隊，對美國的反共政策有益。當中國代表團朱世明團長被GHQ追問白團事件時，他堅稱一概不

知，與本代表團無關。岡村被召喚前，威羅比問過曹士澂，曹也幽默地以一句："I don't know that secret."而一笑置之。

## 富士俱樂部

白團在台灣開始訓練軍官後，嚴重地缺乏軍事參考書和各種資料。蔣介石要求必須從步兵各個教練開始。負責步兵訓練的酒井忠雄（鄭忠，陸士42期）早已離開部隊，手上又無操典，只好打電報向曹士澂求援。曹士澂終於找到一本步兵操典，寄到台灣給他應急。

白團的海、陸軍官由於沒有教材，各憑記憶與經驗，絞盡腦汁也不盡人意。最後他們向彭孟緝提出收集資料的資金，彭馬上答應每年給他們12萬美元。資金來源敲定，白團馬上向東京方面求援。

岡村寧次十分困擾，只好找海軍大將（前海軍大學校長）及古川志郎商量，開始召集舊陸軍的西浦進上校、服部卓四郎上校，及海軍的高田利種少將（終戰時的軍務局次長）、小野田光佑上校等人。他們每週一次在岡村的家裡集會，從1952年初起，一共持續了10年，針對戰史、戰略、戰術方面的資料收集與研究。

這個秘密機關以「富士俱樂部」為名，和白團保持秘密管道。及古川志郎在1943年就深感日本陸海軍的教育只注重戰技研

習，毫無政治教育可言。早在1941年10月12日開戰前，近衛文麿
首相在荻外莊召開陸、海、外三相開會，討論對美國和平或戰爭
的決定。如果當時海軍說「No！」，那就可能避免戰爭了，但
是海軍軍人仍舊好戰。

及川自責很深，向當時的京都帝大哲學教授高山岩男和東大
教授矢部貞治說出自己的感受。高山教授也慨嘆明治維新以來的
日本政治家、行政官僚及法官們專注於法律解釋的技術面，忘記
了學習治國最重要的哲學及歷史，使文武雙方都陷入專攻末端技
術的局面；半個世紀過後，日本國家脆弱的一面終於暴露了。

及川提倡用哲學來豐富兵理學。富士俱樂部成立後，高山博
士也應邀向他們講學，他還執筆寫了〈教育及倫理〉、〈中立的
過去與現在〉、〈對抗兩個世界〉、〈何謂道德〉、高山一共在
俱樂部講學長達六年。

小笠原清負責富士俱樂部的總務工作，他把包括每週上課的
講義及各種兵學資料刻鋼板印出來，送交台灣的白團成員閱讀。
這十年內，富士俱樂部一共收集七千種的軍事書籍，完成五千種
研究資料，陸續送到台灣。

剛開始時連日本本地都找不到資料，白團收到的只有講義的
鋼板印刷資料。小笠原清不只負責這件苦差事，還自願當岡村大
將的傳令兵，總攬了白團成員家庭每三月發放一次薪水，每週一
次的信件，以及為各家庭出面繳稅，奔走買房子等大小事情。

小笠原親切心思細密，過年時總不忘透過神戶的招商局送日

本人在正月必吃的鮭魚和甜酒。平時他也不忘每個月透過外交郵包，送《朝日》、《每日》、《讀賣》三種報紙，以及《讀賣週刊》、《文藝春秋》；《新潮週刊》等精神糧食給白團的人。

白團的講義全部都留在三軍大學裡，至少有10萬至15萬份；至今仍躺在三軍大學的某個秘密角落裡，不得對外公開。

## 神戶招商局

白團第一批成員在1949年12月偷渡至台灣後，不到半年內就成功地完成了第一期普通班的三軍聯合演習，使蔣介石十分感動；1950年7月，第二梯次的日本軍人再開始偷渡來台。

他們這次搭乘的是台灣方面招商局「鐵橋號」香蕉船。這艘船是紀念辛亥革命時孫文的同志趙鐵橋的；另一艘幾乎也是白團專用的船叫作「繼光號」。「鐵橋號」每個月二次進入神戶港，一次只能偷運三、四個人，在六個半月內總共偷運了54名日本人（13批）；後來改用繼光，一次可偷運三批人。

白團成員利用鐵橋號船員的登陸證混上船，當然有船長以下等人的關照，其中由一個叫作陳先謨的20多歲青年負責照顧他們。陳先謨於上海唸過一些日語，後來在神戶的招商局工作，他當時只知道奉上司命令行事，完全不知道這批偷渡客的真正身份。他只是奉命把這些人的登陸證收回來或事先發給他們；背後的主持人是駐日大使館的王亮。後來有人回日本，也是搭鐵橋號

再偷渡回去。直到1952年日台復交，芳澤謙吉出任駐台大使，白團成員才公開以各種名義來往台灣。

## 報恩乎？吃頭路吧？

不論白團成員日後如何說他們完全是為了報答蔣介石「以德報怨」的恩澤，他們才拚死為反共大業而冒險渡台，但這一切未免太虛偽了吧？

試想戰後當時，麥師佔領日本的情況下，日本舊軍人沒被抓去坐牢，或送上遠東軍事法庭審訊的，已經是苟全性命於亂世的了。在當時日本社會，舊軍人簡直是過街老鼠，還有什麼尊嚴可言？

他們為報答蔣介石的不殺恩德，何嘗不是想找一份工作？他們來台灣，每年夏冬兩季有中山裝，配給酒、汽水、香烟（後來改發代金）；還有聯勤每日送來定量的配給米、麵粉、食油、塩、燃料等實物，在日本當時有這樣好過的嗎？

他們住在北投的白團宿舍，簡直「回到過去」，如魚得水。北投招待所配有幾輛吉甫車，單獨宿舍也配有轎車，教官在業務需要時也可申請配車，他們也可以每年一次回國省親。

當時台灣人的生活十分困苦，一位翻譯官的月薪（中尉級）只有三百元台幣，加級額外多了五百元；而白團教官一開始的薪水則為六千元台幣，還住在特等宿舍。

## 白團成員基本資料

| 姓名 | 化名 | 原軍銜 | 來台期間 | 擔任工作(教官) |
|---|---|---|---|---|
| 富田直亮 | 白鴻亮 | 陸軍少將 | 1949.11～68 | 白團團長 |
| 山本親雄 | 帥本源 | 海軍少將 | 1952.10～53.12 | 實踐學社首席研究員 |
| 本 鄉 健 | 范 健 | 砲兵上校 | | 戰史教育 |
| 岩坪博秀 | 江秀坪 | 陸軍後勤中校 | 1951.3～68.12 | 後勤 |
| 系賀公一 | 賀公吉 | 步兵中校 | 1951.3～68.12 | 戰術 |
| 大橋策郎 | 喬 本 | 陸軍軍需中校 | 1951.4～68.12 | 軍隊、軍需動員 |
| 立山一男 | 楚立三 | 步兵中校 | 1951.7～68.12 | 戰術 |
| 酒井忠雄 | 鄭 忠 | 步兵中校 | 1950.11～64.12 | 戰術、情報 |
| 佐藤忠彥 | 諸葛忠 | 步兵中校 | 1951.1～64.12 | 戰術 |
| 村中德一 | 孫 明 | 裝甲兵中校 | 1951.1～64.12 | 裝甲戰術 |
| 富田正一郎 | 徐正昌 | 步兵中校 | 1951.5～64.12 | 動員 |
| 山 下 耕 | 易作仁 | 步兵中校 | 1951.6～64.12 | 動員 |
| 溝口清直 | 吳念堯 | 登陸少校 | 1950.7～64.12 | 登陸戰術 |
| 中島純雄 | 秦純雄 | 步兵少校 | 1951.3～64.12 | 戰術、軍制 |
| 戶梶金次郎 | 鍾大鈞 | 步兵少校 | 1951.7～64.12 | 戰術 |
| 河野太郎 | 陳松生 | 陸軍航空少校 | 1950.1～53.12 | 空軍戰術 |
| 松崎義森 | 杜 盛 | 海軍輪機中校 | 1950.12～53.12 | 海軍 |
| 市川治平 | 何守道 | 步兵上校 | 1950.12～53.12 | 戰術 |
| 池田智仁 | 池步先 | 步兵少校 | 1951.2～53.12 | 訓練32師 |
| 伊藤常男 | 常士先 | 步兵少校 | 1951.2～53.12 | 訓練32師 |
| 福山五郎 | 彭博山 | 步兵少校 | 1951.2～53.12 | 訓練32師 |
| 山本茂男 | 林 飛 | 陸軍航空少校 | 1951.2～53.12 | 空軍教官 |
| 中尾拾象 | 鄧智正 | 步兵少校 | 1951.2～53.12 | 戰術 |
| 井上正規 | 潘 興 | 步兵少校 | 1951.2～53.12 | 訓練32師 |
| 西村春芳 | 劉啓勝 | 海軍中校 | 1951.3～53.12 | 海軍教官 |

| 高橋勝一 | 桂通海 | 海軍中校 | 1951.3～53.12 | 海軍教官 |
|---|---|---|---|---|
| 中山幸男 | 張　幹 | 步兵少校 | 1951.3～53.12 | 訓練32師 |
| 佐藤正義 | 齊士善 | 步兵少校 | 1951.4～53.12 | 訓練32師 |
| 土屋季道 | 錢明道 | 陸軍士計中校 | 1951.4～53.12 | 訓練32師 |
| 篠田正治 | 麥　義 | 砲兵少校 | 1951.4～53.12 | 訓練32師 |
| 川田一郎 | 蕭通暢 | 陸軍通信少校 | 1951.5～53.12 | 通信、動員 |
| 村川文男 | 文奇贊 | 工兵少校 | 1951.4～53.12 | 訓練32師 |
| 小杉義藏 | 谷憲理 | 憲兵少校 | 1951.5～53.12 | 情報 |
| 黑田彌一郎 | 關　亮 | 裝甲兵少校 | 1951.8～53.12 | 戰術 |
| 崛田正英 | 趙理達 | 砲兵中校 | 1950.9～52.7 | 軍官訓練 |
| 萱沼洋 | 夏保國 | 海軍輪機少校 | 1950.9～52.7 | 海軍 |
| 三上憲次 | 陸南光 | 陸軍通信少校 | 1951.1～52.7 | 32師教官 |
| 瀨能醇一 | 賴達明 | 裝甲兵少校 | 1950.12～52.7 | 32師教官、騎兵、戰術 |
| 美濃部浩次 | 蔡　浩 | 步兵少校 | 1950.2～52.7 | 訓練32師 |
| 都甲誠一 | 任俊明 | 步兵中校 | 1950.3～52.7 | 訓練32師 |
| 春山善良 | 朱　健 | 陸軍工兵少校 | 1950.3～52.7 | 訓練32師 |
| 新田次衛 | 閻新良 | 步兵少校 | 1950.3～52.7 | 訓練32師 |
| 弘光傳 | 邵　傳 | 步兵少校 | 1950.3～52.7 | 登陸戰術教官 |
| 固武二郎 | 曾固武 | 陸軍通信少校 | 1950.3～52.7 | 訓練32師 |
| 松尾岩雄 | 馬松榮 | 陸軍通信少校 | 1950.3～52.7 | 訓練32師 |
| 藤村甚一 | 丁建正 | 步兵中校 | 1951.4～52.7 | 戰術 |
| 小辻通 | 閔　進 | 工兵少校 | 1951.4～52.7 | 訓練32師 |
| 大津俊雄 | 紀軍和 | 通信少校 | 1951.4～52.7 | 訓練32師 |
| 進藤太彥 | 鈕彥士 | 步兵少校 | 1951.4～52.7 | 訓練32師 |
| 宮瀨蓁 | 汪　政 | 通信少校 | 1951.4～52.7 | 訓練32師 |
| 御手洗正夫 | 宮成炳 | 步兵少校 | 1951.4～52.7 | 訓練32師 |
| 服部高原 | 甘勇生 | 工兵上校 | 1950.7～52.7 | 工兵 |

| 後藤友三郎 | 孟 成 | 工兵中校 | 1950.9～52.7 | 工兵 |
|---|---|---|---|---|
| 村木哲雄 | 蔡哲雄 | 步兵中校 | 1951.6～52.7 | 訓練32師 |
| 杉木清士 | 宋 岳 | 步兵中校 | 1951.4～52.7 | 訓練32師 |
| 川野剛一 | 梅新一 | 步兵中校 | 1951.5～52.7 | 訓練32師 |
| 笠原信義 | 黃聯成 | 陸軍主計中校 | 1950.9～52.7 | 後勤 |
| 大塚清 | 楊 廉 | 憲兵中校 | 1950.12～52.7 | 情報 |
| 野町瑞穗 | 柯人勝 | 裝甲兵中校 | 1950.12～52.7 | 情報 |
| 市川芳人 | 石 剛 | 步兵中校 | 1951.2～52.7 | 戰術 |
| 神野敏夫 | 沈 重 | 陸軍防空中校 | 1951.5～52.7 | 戰術 |
| 川田治正 | 金朝新 | 陸軍砲兵少校 | 1951.2～52.7 | 訓練32師 |
| 內藤進 | 曹士進 | 陸軍航空中校 | 1950.1～12 | 空軍 |
| 守田正之 | 曹正之 | 步兵上校 | 1950.1～10 | 教官 |
| 坂牛俊之 | 張金先 | 陸軍後勤中校 | 1950.1～12 | 後勤 |
| 藤本治毅 | 黃治毅 | 憲兵中校 | 1949.11～12 | 情報 |
| 山藤吉郎 | 馮運利 | 陸軍輜重中校 | 1951.5～52.3 | 後勤 |
| 佐佐木伊吉郎 | 林吉新 | 陸軍砲兵中校 | 1950.1～52.5 | 砲兵 |
| 鈴木勇雄 | 王雄民 | 陸軍砲兵上校 | 1950.1～52.5 | 情報及戰術 |
| 伊井正義 | 鄭義正 | 陸軍航空少校 | 1950.1～52.5 | 空軍 |
| 酒卷益次郎 | 謝人春 | 裝甲通信上校 | 1950.1～52.5 | 裝甲戰術 |
| 岡本覺次郎 | 溫 星 | 陸軍兵少校 | 1950.1～52.5 | 通信 |
| 杉木敏三 | 鄒敏三 | 海軍上校 | 1949.11～52.5 | 海軍 |
| 岩上三郎 | 李德三 | 砲兵少校 | 1950.1～51.5 | 砲兵 |
| 市坡信義 | 周祖蔭 | 陸軍空降中校 | 1950.1～52.5 | 戰術、演習 |
| 石川賴夫 | 魯大川 | 步兵中校 | 1951.5～53.5 | 軍官 |
| 小島俊治 | 阮志誠 | 憲兵少校 | 1952.4～53.2 | 32師、騎兵 |
| 今井秋次郎 | 鮑必中 | 海軍上校 | 1950.10～52.5 | 海軍 |

| 松元秀忠 | 左海興 | 海軍上校 | 1950.8～62.12 | 海軍教官 |
|---|---|---|---|---|
| 土肥一夫 | 屠遠航 | 海軍中校 | 1951.6～62.12 | 海軍教官 |
| 瀧山和 | 周名和 | 陸軍航空少校 | 1951.1～59.7 | 空軍教官 |
| 山口盛義 | 雷振宇 | 海軍航空中校 | 1951.1～52.5 | 空軍教官 |
| | | | 1955.5～62.12 | |
| 荒武國光 | 林光 | 陸軍情報上校 | 1949.11～51.3 | 富田的副官 |

（參考林照真《覆面部隊》，p.202～220）

這83名教官當時平均年齡為40歲左右。年輕力壯，而在日本根本不容易謀得一份他們滿意的工作，所謂「報恩之旅」，難道不是另一種找工作，又可以發揮所長的嗎？

## 實踐學社

「革命實踐研究院軍官訓練班」在1952年6月結束，由於韓戰爆發，美國恢復對蔣介石的援助，同時也介入台灣的軍隊體系，要求蔣介石採取美式軍事教育體制，把陸大改制為指揮參謀大學。蔣介石不得已把白團的軍官訓練團改為「軍事研究會」，由他自兼會長，對外稱作「實踐學社」。

從此，白團的訓練場所由圓山遷到石牌（今實踐國中）。「實踐學社」改以研究系統編組，日本教官改稱研究專員，受訓人員改稱研究員，反正換湯不換藥，照樣進行。難道美國人笨得不知道嗎？反正為了圍堵中共，蔣介石用日本軍官進行反共教育，何樂而不為？美國人也就睜一隻眼閉一隻眼算了。

## 武器靠美援、士氣靠日本

1951年起美國援助蔣介石的武器、軍服源源而來，台灣方面也有留美的孫立人將軍領導軍隊的美式訓練。但是，蔣介石仍舊對白團有所依賴，全力支持實踐案，把他的嫡系將領委交日本教官訓練。

石牌訓練班始終未能正式掛牌，被戲稱為「地下大學」。蔣介石公開表示這種尷尬的處境來自於美國的壓力。他指出：

「第一是外籍教官的存在不一定能夠取得美國顧問的正式諒解，大家知道我們約聘外國教官的歷史是在我大陸淪陷，革命情勢最危急的時候。他們自動來台報效，協助我們革命復國，願與我們共患難，不計利害亦不講報酬，完全是為其基於個人道義情感而來的。……

其次，因為共匪和軍中尚有少數為匪利用的不肖份子，從中造謠中傷挑撥離間，曾引起美國顧問的誤解。我想你們都知道，有人曾加本班一個最惡劣的名稱，所謂『地下國防大學』。當初我聽到這個怪名辭的時候，我就認定製造這個怪名詞的奸人一定是非常熟悉共匪破壞策略和反宣傳技巧的陰謀份子。……」

蔣介石痛恨地指出：「如其不為匪諜份子就必為軍中敗類，而有意中傷中美合作的關係。……而友邦顧問不能瞭解其挑撥中傷的用意所在，所以多少受其影響，因之他們對本班印象不免存

有若干成見，這是本班迄未改爲正式學校的另一因素。」

事實上，GHQ也對岡村寧次施加壓力，加上日本國會的共產黨議員不斷質詢首相關於白團的事情。岡村便在1951年7月26日寫信給蔣介石，提出三大建議：

「㈠白團純爲中日雙方同志的結合，完全依個人志願，渡台報效，受到的恩顧信任，已超越國籍理念，忠誠報效，已成爲中國人之一員。

㈡但自美援恢復後，爲考慮中美關係，白團工作應儘量避免中美間之無意摩擦，宜尊重美方意見，作必要的調整。敬請勿作任何考慮，依需要而決定存廢。

㈢美蘇對立日趨白熱化，兩大陣營鮮明對立，難望協調，日本和約締立在即，今後有再軍備之可能，中日美在東亞，應結成一環一體，乃爲反共抗俄之福。」

蔣介石十分感激岡村寧次的苦心，決定裁減白團人數，並轉移工作地點和召訓方式，目的在隱瞞美國顧問。美軍顧問團長蔡斯少將傲慢地向蔣介石施壓，一再要求蔣把富田直亮遣回日本，老蔣也一直不肯屈服，但總算把一批日本教官提前解聘。例如獨立32師受訓完畢，在移成台北附近後，只留下**村中德一**在實踐學社繼續教學，其他教官紛紛打道回國了。

白團起先有83人，最先來的那一批大概在台灣待了二年；後來又裁至65人，又再減爲35人，最後剩下18人繼續留下來十多年；最後的5個人又多待了五年左右。

白團從建立圓山軍官訓練團，到石牌實踐學社（1952～65）。再到「陸軍指揮參謀大學」（1965～68），始終在地下默默工作，20年內至少陪訓一萬名以上國府將校，但自始至終都是蔣介石的地下影子兵團。

## 蔣介石和美國的一段恩怨情仇

蔣介石依賴日本教官，完全反映他多年來對美國人的宿怨。

1945年8月15日，日本無條件投降後，美國援助蔣介石接收淪陷區，用飛機、軍艦運送40萬蔣軍到華北、華中、東北及台灣。不料中國共產黨也乘機搶佔淪陷區，形成國共對峙的局面。

蔣介石一心一意要消滅共匪，而毛澤東卻利用戰後人心厭戰的情緒，一面攻城掠地，一面展開第二、第三條戰線的學生、文化人及策反非中央軍將領的倒戈，弄得蔣介石疲於奔命、焦頭爛額。

蔣介石什麼都不恨，就恨「阿琢仔」的處處雞婆與隨時干預他的策略。美國人天真地認為中國人不打中國人，蔣何必找毛的麻煩？蘇聯史大林也一再警告毛澤東說：「中國應該走和平發展的道路，毛澤東應赴重慶與蔣介石談判，尋求維持國內和平的協議；如果打內戰，中華民族就有毀滅的危險。」毛澤東十分惱火地說：「我就不信，人民為了翻身，民族就會滅亡？」

美國大使赫爾利親赴延安迎接毛澤東到重慶，和蔣介石展開

和平談判。雙方各有各的打算，總算搞出一個〈雙十協定〉，但卻是廢紙一張，誰也不去遵守。1945年11月，杜魯門總統改派五星上將馬歇爾來華，迫蔣介石停火；1946年1月5日達成停戰協議，成立三人軍事小組（馬歇爾、張群、周恩來）監督停火。停戰協議仍是一張廢紙，至1946年5月底，雙方形成「關外大打，關內小打」的局面。蔣軍幾乎光復了大半江山（尤其各大城市），蔣介石估計要在5個月內打垮中共軍。毛澤東向美國記者安娜·史沫特萊宣稱，他的「小米加步槍」比蔣介石的飛機坦克還要強。蔣介石眼看自己統治全中國的3/4土地，擁有430萬兵力，根本不把土八路放在眼裡。1946年11月15日召開由國民黨包辦，民、青兩個花瓶黨充門面的國民大會，共產黨及被它統戰的各民主黨派不參加。馬歇爾宣佈調停失敗，黯然離華，後來出任國務卿，卻在歐洲推動援歐的馬歇爾計劃垂名不朽。

　　1947年1月30日，三人小組解散，國共第二次合作正式破裂，蔣介石面對他的接收大員在淪陷區搞三羊開泰、五子登科，弄得天怒人怨，還在台灣惹出二二八事變，完全把一切歸罪於學生鬧事、共匪搞蛋。1947年10月，他開始兵敗如山倒，10月18日，中國人民解放軍總部發佈宣言，提出「打倒蔣介石，解放全國人民」口號；同時，毛澤東也在12月提出「打倒蔣介石，建立新中國」，向各民主黨派、少數民族、華僑提出倒蔣的民主聯合政府統一戰線。

　　1948年4月，蔣介石在一片混亂中當選中華民國第一任總

統，他的宿敵李宗仁（桂系軍閥）當選副總統。但是他的黃埔嫡系卻個個貪生怕死，「將驕兵逸，紀律敗壞，全無鬥志」，老蔣幾乎發出最後的哀鳴說：「萬一共產黨控制了中國，則吾輩將死無葬身之地」。

　　勝利女神對中共特別眷顧，國共內戰一直是蔣軍一敗塗地，東北、華北一一被共軍佔領。美國不再對蔣介石有興趣，改而支持李宗仁。司徒雷登大使向李副總統表示，只要他的和平努力有所進展，或能成功地延緩中共對長江的攻勢，美國就會支持他。蘇聯也顧忌中共坐大，毛澤東甚至成為另一個不聽話的東方「狄托」。史大林要求中共自動解散軍隊，勸毛「停止於長江一線」；史大林希望「有兩個中國政府」。

　　1949年1月21日，蔣介石假裝下野，指定李宗仁「代行」。1月29日，孫科把行政院遷到廣州，蔣介石仍在溪口搖控一切，李宗仁在南京有名無實，形成「一國三公」。

　　1949年4月，李宗仁派和談代表團至北平，最後終於被中共脅迫，不論簽字與否，4月20日解放軍就要橫渡長江。李宗仁不肯簽和約，4月21日解放軍強渡長江，美國駐南京大使館迅速電告國務院說：「共產黨簡直可笑地一下子就渡過了長江。」4月23日，南京已被解放軍攻佔；6月27日，上海又被佔，蔣介石在5月14日逃到舟山，5月17日逃至澎湖，28日又逃到高雄的岡山，最後在台北的草山落草。

　　眼看台灣可能落入中共的手裡，1949年8月5日，美國國務院

發表《對華白皮書》，把美國支持蔣政權，導致國民黨失敗的原因歸咎於蔣介石政權太過腐敗與無能，並非美國的過失。同時，又昭告世人，美國已盡了盟國的責任，艾奇遜寫給杜魯門的信中明確表示：「並非由於美援之不是，而是其領袖不能應變，其軍隊喪失鬥志，其政府不能為人民所支持。」《白皮書》對蔣介石簡直是雪上加霜。

## 美國人有意趕走蔣介石

美國另一批人老早就想把蔣介石這顆「花生」趕下台。駐華使館參贊莫成德(L. T. Merchant)在1949年2月14日飛台北，遊說台灣省主席陳誠在政治上和蔣介石劃清界線，經濟貿易方面和中國大陸絕緣，禁止人民來往大陸，美國每年經援台灣2,500萬美元。

莫成德發現「陳誠主席係總統蔣公之親信，不能望其背蔣而奉行美國之旨意，乃欲薦孫立人為台灣省主席。艾奇遜以孫氏行政經驗不足，囑其再酌。莫成德回電：「我們所需要者，乃一幹練篤實之人，不必聽蔣介石之指揮，也不必服從李宗仁聯合政府之命令，而專為台灣謀福利。孫氏經驗，或有未足，但其他條件，卻甚相合。」❸

---

❸梁敬錞《中美關係論文集》，p.306～310

　　天眞的美國人沒想到，陳誠是蔣介石的乾女婿，他又如何敢反叛恩公及岳父呢？**陳誠**（1897～1965），浙江青田人，保定軍校出身，1924年黃埔軍校當砲兵區隊長，1925年以攻下惠州而升爲營長，1927年抱病攻下靑龍山，卻因坐轎指揮而被何應欽撤職。蔣介石復職後再重用他，因爲他是浙江人。1929年他把黃埔嫡系安插在11師，從此官運亨通。1930年他捨棄家鄉的老婆，娶了宋美齡的乾女兒譚祥（譚延闓的二女兒），成爲蔣介石的駙馬爺。1933年2月他率兵進攻江西蘇區，11師幾乎全被殲滅。1934年他才攻下廣昌、建寧等地，逼毛澤東二萬五千里大逃亡。

　　蔣介石提拔陳誠整頓軍隊，1936年又升他爲廬山訓練團的副團長；1936年12月西安事變時，他也被張學良扣押。1937年八年戰爭時他擔任軍委會政治部長、第9戰區司令，又陸續出任三民主義青年團書記、援緬遠征軍司令等要職。1945年戰爭結束前，他是軍政部長，戰後爲國防部長參謀總長，深受蔣介石的倚重。除了陸軍總司令顧祝同外，海軍桂永清、空軍周至柔、聯勤的郭懺都是他的親信。

　　1947年9月，他去東北擔任行轅主任，把東北搞得烏烟瘴氣，共軍節節致勝，有些國大代表揚言「槍斃陳誠以謝國人」；蔣介石在宋美齡的壓力下，調衛立煌爲東北行轅副主任，讓陳誠赴上海就醫（1948年2月）。

　　1949年，蔣介石突然把台灣省主席魏道明撤換，改派陳誠爲台灣省主席，兼台灣警備總司令，兼台灣省黨部主任委員。蔣介

石這一步棋走對了，陳誠在台灣宣佈戒嚴（8月）、推行耕者有其田，及四萬換一元的貨幣改革。

陳誠在台灣的地位，僅次於蔣介石，他在軍隊中有金防部司令胡璉、副司令柯遠芬、陸軍副總司令高魁元、憲兵司令尹俊、第2兵團司令石覺、第1軍長劉鼎漢，第2軍軍長鄭為元等等。後來他的老部下周至柔當過空軍總司令、台灣省主席，鄭道儒、楊繼曾當過經濟部長，他弟弟陳勉修是土地銀行總經理。在黨務方面，老部下羅卓英是革命實踐研究院的副主任，張厲生也在1959年取代張其昀為國民黨的中央秘書長。

1949年，他是台灣真正的主人，連蔣介石也不敢直奔台北，先飛岡山投奔在鳳山的孫立人，才至台北。美國人要策反陳誠，無異於緣木求魚。

美國人又相中了孫立人這位留學維吉尼亞軍校（馬歇爾、艾森豪一派）的人物。**孫立人**（1900～1990，安徽舒城人），清華大學畢業後至美國普渡大學唸機械工程。1928年他回國後歷任團長、少將支隊司令，1941年赴緬甸救出英軍，1945年又調為長春警備司令，1947年為陸軍副司令，1949年為東南行政副長官兼台灣防衛司令，1950年升為陸軍總司令兼防衛總司令。

孫立人一向受黃埔嫡系排擠，在美援抵台後，蔣介石不得不倚重他，但又怕他。孫為人孤傲，對王叔銘、桂永清等十分不禮貌，動輒和要他們比立正稍息，他在鳳山練兵，自己編步兵操典，也不滿白團在台灣訓練軍官。

韓戰爆發後，麥克阿瑟派專機請他去東京，孫立人回台北後，向蔣介石表示效忠；但蔣介石對他更不放心，終於在1955年由蔣經國製造匪諜郭庭亮案，把他扣上「圖謀不軌，涉及叛亂」的冤案，長期軟禁在台中（～1980）。

其他美國人企圖扳倒蔣介石的把戲，也一再激怒蔣介石，問題是蔣介石在台灣的地位沒有任何一個人可以取代；他對美國的經濟、軍事援助並非心存感激，反而更加倚重他的影子兵團——**白團**。

## 從舟山敗退

舟山群島位於東海，由400多個大小島嶼構成，首府是定海鎮。蔣介石在敗退前，就交待蔣經國迅速把定海機場建立起來；後來他又催促得更緊，幾乎三兩天一催，直到機場全部竣工為止。

舟山是控制長江口的咽喉，當時有4個軍13個師約6萬部隊進駐舟山群島。第一艦隊可以從舟山對上海及其以北港口進行封鎖。定海機場距離上海不過140公里。20分鐘內可以飛抵，蔣介石的飛機把上海炸得其70%的工廠原料不能生產，寧波城內的繁華江廈街被炸成瓦礫堆，南京、杭州也隨時轟炸。

三野的粟裕代司令十分痛恨舟山的蔣軍，1949年7月18日下令第7兵團（第21、22軍）突襲舟山群島。蔣介石在10月親臨定

海，又從汕頭調胡璉的第12兵團第67軍增援舟山，第2艦隊也一部份北上，空軍也進駐舟山，一共有9萬兵力，由郭懺指揮。

解放軍在10月7日攻佔桃花島後，11月3日利用大雨搶攻步登島，最後被蔣軍擊退（5日）。毛澤東暫時停止進攻舟山。1949年12月中旬，四野在廣西境內殲滅白崇禧的17萬桂軍，1950年3月5日～5月1日，四野（林彪）發動海南島戰役。這次共軍吸取進攻金門失利的教訓，展開強勢兵力進攻，擊退國府第3艦隊一艘、傷2艘；迫海南防衛司令薛岳丟下輜重，7萬多人逃至台灣，但有2萬多人被俘。

蔣介石從1950年1月起，又對上海進行八次的轟炸，僅2月6日就使上海的電力損失90%，國府才出動17架轟炸機。當時中共才有不到30架可用的作戰飛機，也不過只有60名飛行員。

1949年10月起，中共匆匆忙忙地開辦7所航空學校，1950年5月才有第一批畢業生，並利用接收蘇聯50多架作戰飛機，才在南京組建空軍第4混成旅。中共海軍也在上海搶修，改建100多艘戰艦，5月建立海軍第4艦隊。

1949年5月上旬，蔣介石眼看海南島已失，他的陸軍有1/3留在舟山，十分不利，就從舟山撤退（5月13日），把12萬軍隊分批運至台灣，並帶走2萬多青年男女。同時，蔣介石又下令炸毀花費4千萬銀元修建的定海機場。5月17日，三野順利登陸舟山本島。

## 中共準備進攻台灣

　　中共在1949年秋制定台灣戰役，計劃投入8個軍的兵力。不久，美國公佈《對華白皮書》，中共軍方估計攻台時美軍不會介入，事實上，美國早已認為台灣終將落入中共的手裡，粟裕副司令指出：「直接參戰在政策上、軍事上都是對美帝不利的，所以美帝只能間接參戰，如動員日本的志願兵去幫助國民黨。」

　　1950年3月，新任海軍司令員蕭勁光和粟裕會商攻台具體準備工作，中共中央軍委同意華東野戰軍（即三野）和海軍的意見，準備以50萬兵力渡海攻台。

　　問題是船隻，運送50萬大軍渡海，連同裝備、飲水、彈藥，需要幾十萬噸的船隻。根據金門戰役的經驗，第二梯隊不能等待第一梯隊的船隻返航接運，必須自備船隻。要渡過台灣海峽，必須有輪船或較大的機帆船，當時在東南沿海的這類船隻。已統統被蔣軍帶走或炸毀。中共海軍只接收可用的漁船、商船169艘，不過64,800噸，如何在一天一夜內，在沒有掩護下冒然渡過台灣海峽呢？

　　1950年4月，國民黨還有10多萬噸船艦的實力，中共才不過43,000噸。空軍也在1950年才計劃培養900名飛行員及裝備400架作戰飛機。

　　1950年5月25日，四野進攻廣東珠江口外的萬山群島，8月終

於完全佔領。1950年5月,第10兵團又進攻福建東山島,俘擄2千多人,其餘3千多國府軍撤走。

蔣介石損失70多艘船艦,只剩下50多艘老舊不堪的,總計不足10萬噸。飛機也只剩下200多架,美國代理國務卿韋佈還向菲律賓政府提出蔣介石及其軍政要員,是否可以去避難,6月遭到季里諾總統的拒絕;菲國外長羅慕洛說,如果蔣介石來菲律賓,他將下令要蔣在24小時內離境。

韓戰解救了蔣介石,第7艦隊在台海阻止了中共進攻台灣。6月30日,中共中央軍委副主席周恩來向蕭勁光傳達了新的戰略:「形勢的變化給我們打台灣增添了麻煩,因爲有美國在台灣擋著。」他又說:「現在我們的態度是:譴責美帝侵略台灣,干涉中國的內政。我們軍隊的打算是:陸軍繼續復員,加強海、空軍建設,打台灣的時間往後推延。」❹

1950年9月9日中共中央軍委下令原定攻台主力的第9兵團北上,準備進入朝鮮。9月15日美軍登陸仁川,中共中央軍委才正式下令推遲進攻金門。中共終於停止進攻台灣的作戰計劃。

## 反共救國軍

1950年代初期,蔣介石在白團的協助下,把原來的20個軍番

---

❹《蕭勁光回憶錄》(續集),p.26〔解放軍出版社〕1988年版

號加以縮編爲12個軍又6個獨立師，又將原來留在東南沿海各地的游擊隊改爲「中華反共救國軍」；在台灣設立了「敵後工作委員會」和「大陸游擊總指揮部」。美國CIA也提供各種武器和裝備，蔣介石的目的在騷擾中共，美國人的目的在收集情報。

　　經過整編後，蔣介石在福建、浙江沿海的20多個島嶼上部署了7萬多的作戰力量，其中6萬多人放在金門、馬祖兩個島嶼上。1951年6～9月間，反共救國軍在福建、廣東兩省沿海隱蔽登陸，很快在岸上被殲滅。後來又有泉州縱隊、永安縱隊等，也在長江地區被解放軍甕中捉鱉般地殲滅。

　　1951年7月，韓戰停戰談判開始，中共不再出兵朝鮮；年底，中共中央人民政府革命軍事委員會擬訂《軍事整編計劃》，迅速裁軍與復員，把610萬兵力減爲350萬人。毛澤東也藉此逐減把五大野戰軍的兵力裁掉，免得諸侯割據，尾大不掉。

　　1952年起，華東軍區部隊開始復員，半年內有20萬人復員，10個師集體轉爲工程師。福建軍區的第25軍也復員，只留下第28、31軍和水兵師、炮3師。中共裁軍，對蔣介石的壓力頓時緩和下來。

　　1951年9月8日，聯合國各國和日本簽下《對日舊金山和約》。日本被美國強迫和台灣的蔣介石政府簽和約，1952年4月28日，雙方簽定了〈中日和平條約〉。從此，日本和台灣的關係再度恢復，白團成員也得以用各種名義來台灣，不必再偷渡來往了。

另一方面，蔣介石又派胡宗南（化名秦日昌）從1951年7月起在大陳島擔任浙江諸島的總指揮。昔日的西北王已落魄至此。1952年春天，眼看毛澤東發動三反運動，蔣介石密令胡宗南：

抓住戰機，尋隙出擊，嚴懲共軍，為黨國效命。

3月23日，胡宗南率領1,000多名反共救國軍，分乘23艘機帆船、9艘艦艇，向海門鎮東北10餘里的白沙島進行黑夜突襲。解放軍只有一個排苦撐，等到增援部隊趕來，打死200多人。6月10日，胡宗南又率領1,200多人進攻浙東溫嶺縣的黃焦島，又損失310人。

1952年內，蔣軍「以大吃小」地一度攻佔了福建湄洲島、南日島和浙江平陽的烏岩、霧城。尤其1952年10月11日，金門的國府軍以9,000多人攻下南日島，13日才順利撤退。

由於南日島的失利，中共開始加強海防。蔣介石得意洋洋地宣佈1953年為「反攻年」，1953年5月29日，解放軍一舉攻佔羊嶼、雞山和大、小鹿山等四個島，蔣介石十分惱怒，嚴令胡宗南「務必奪回」。胡宗南在6月17日又率領1,600多人突襲羊嶼，最後失敗。

1953年中共在50多次的作戰中，殲滅反共救國軍1,600多人，擊沈16船艦，俘獲26艘，蔣介石派蔣經國把胡宗南從大陳請回台灣，最後賞他一個澎湖防衛司令的位子。

## 中美共同防禦條約

1953年2月2日，美國新任總統艾森豪在給國會的國情諮文中，提到美國在韓戰爆發時派遣第7艦隊阻止中共攻擊台灣，同時也保障台灣不會成為攻擊大陸本土的作戰基地；然而，中共軍隊入侵朝鮮，攻擊聯合國軍隊。在此情況下，中共始終拒絕聯合國所提的休戰提案。

因此，我們要求為中共擔任防衛責任的美國海軍，不再繼續造成共軍不受到損失而能在朝鮮傷害美軍及聯合國士兵的條件。因此，我下令第7艦隊不再繼續做共產中國的後盾。我方的此一命令絕不包藏侵略性的意圖。要言之，我們毫無保護韓戰中與吾等對戰之人民的任何義務。」

上述聲明解除了台灣中立化，但是台灣的反共突襲隊老早就在CIA以「西方公司」(Western Enterprise)名義提供各種裝備，第7艦隊也公然在東南沿海演習了。

艾森豪「放任」蔣介石反攻，唯一的效果是讓西方公司可以接管沿岸島嶼，把精力集中在金門、大陳的防務而已。蔣介石原來搞突襲的宣傳把戲，卻被CIA將一軍，不得不派大批正規軍去防衛金馬及大陸沿海的幾個島嶼了。

美國眼看中共奪取大陸，隨即而來的韓戰、越戰，害怕東南亞繼續赤化。國務卿杜勒斯稱這種情況為「骨牌理論」(domino

theory)，提出「反骨牌理論」，號召東南亞國家結成一個反共軍事聯盟。1954年9月8日，在馬尼拉，終於達成了美、澳、紐、英、法、菲、泰、巴基斯坦等八國成立了「東南亞公約組織」(SEATO)。

中共則在9月3日開始對金門、馬祖進行第二次的砲擊。蔣介石不得不回過頭來要求山姆大叔的保護。早在6月間，台灣的外交部長葉公超已向美國大使藍欽表示，如能締結防禦條約，蔣同意在採取任何重大的軍事行動前，先徵求美國的同意。

中共兩次砲擊金門，使美國同意和蔣介石簽定共同防禦條約。10月1日，解放軍對大陳島進行攻擊，14日擊沈國府的主力艦太平艦，使美國鼓勵紐西蘭出面，在聯合國安理會上要求台海停火案。11月16日，杜勒斯聲稱，美國要使用武力保衛台灣。12月2日，美國和蔣介石政府終於簽定《中美共同防禦條約》，蔣介石更加吃了一顆定心丸。條約中美國明白指出，保衛的領域包括台灣、澎湖，金門、馬祖不在其內。1955年2月10日在換文時，蔣介石承諾未經美國同意不對大陸發動進攻。

換句話說，蔣介石已經擺明不反攻大陸了，但在台灣卻依舊以虛構的反攻大陸聖戰，用臨時條款和戒嚴體制來壓制台灣人民。

## 從東山島到一江山

　　西方公司也企圖考驗反攻大陸的可能性，1953年6月8日，韓戰停戰協定成立；7月15日，蔣軍以陸海空三軍配合，對福建東山島進行一次大規模的攻擊。蔣軍由金門及左營出兵，計劃動用兵力1萬餘人，另遣200個傘兵助戰。7月15日21時，在金門的胡璉率兵出發，新竹機場也有飛機運載傘兵直飛東山島。

　　傘兵很快在後林村降落，遭受解放軍及人民兵嚴密搜捕，八九個鐘頭內全部被俘。7月17日，胡璉下令撤退，此役蔣軍被殲3,379人（死傷2,674人，被俘715人），撤退時丟棄輜重、武器、折損7成人馬。從此，蔣介石再也不敢冒險反攻大陸了。

　　眼看中美共同防禦條約締結，蔣介石又英氣煥發起來，中共吞不下這口氣，1954年12月21日至1955年1月10日，一共出動170多架戰機，五次轟炸大陳島。1955年1月18日，解放軍進攻一江山，這是共軍海陸空三軍第一次協同作戰，一共出動艦艇188艘、184架飛機，第2天2時攻佔一江山。這對解放軍不無鼓舞作用。

　　艾森豪對一江山的行動十分震驚，1月31日紐西蘭又向安理會提議停火，並邀請中國派代表參加，中國外長周恩來覆信哈瑪紹秘書長，堅持驅逐台灣代表條件下才同意派代表至聯合國。

　　艾森豪在1月26日向國會提出了《授權總統使用武裝部隊協

防台澎有關地區案》，26日及29日美國參眾兩院迅速通過這個《福爾摩沙決議案》，中共徒呼奈何。

2月5日，美國國務院宣佈，政府已命令第7艦隊和其他部隊協助國府軍從大陳島撤退。至2月25日，蔣軍撤出南麂島為止，蔣介石被美國強迫放棄浙東沿海的島嶼，只剩下金門、馬祖了。

## 白團的反登陸防衛戰術

白團來台灣，協助蔣介石防衛台灣，再圖反攻大計。1950年6～9月間，他們分別在北、中、南三地舉行了大規模的三軍聯合大演習。蔣介石更在圓山軍官訓練團開學後，親自聽了富田直亮的「反登陸作戰」課程。

富田指出，台灣防衛戰並非消極的被動防禦作戰，而是積極的攻勢作戰，即「反登陸戰」。他舉二次大戰的戰例說明，登陸軍惟有在海、空優勢下才能成功，因此建議台灣要加強海、空軍，確保制空及制海權。

此外，富田更強調「水際擊滅」的重要性，即在登陸軍尚未完全集結之際，尚未站穩腳步時，守軍以攻勢予以擊滅，白團教官介紹了當年的日軍的《島嶼守備戰鬥教令》。

蔣介石真的想反攻大陸嗎？當筆者問到岩坪博秀的時候，他笑著說「相當困難」，不作正面回答。

## 八二三砲戰

1958年5月，黎巴嫩發生反美親蘇暴動，艾森豪下令美國海軍陸戰隊登陸黎國，英國也出動傘兵進入約旦。共產陣營藉此指責美軍侵略他國，埃及總統納瑟也趕到莫斯科，要求赫魯曉夫支持伊拉克新政府。

正在這種國際緊張局勢下，毛澤東突然發動金門砲戰。

毛澤東正在推動三面紅旗運動，對外又和蘇聯老大哥的關係日趨緊張，尤其赫魯曉夫在1956年2月不支持中共解放台灣。毛澤東藉此轉移民心，並考驗《中美共同防禦條約》的能耐。他在7月18日的中央軍委會議上指出：「美軍在黎巴嫩，英軍在約旦登陸，⋯⋯為了支持阿拉伯人民的反侵略鬥爭，遊行示威是一個方面，是道義上的支援，還要有實際行動的支援。選擇那個方向進行實際的支援呢？只有選擇金門馬祖地區，主要是打蔣介石，金門、馬祖是我國領土，打金門、馬祖是我國內政，敵人找不到藉口，而對美帝國主義有牽制作用。」

負責進攻金門的葉飛，也在他的《征戰紀實》中解釋說：毛如此作，一方面是警告蔣介石，另一方面是與美國帝國主義進行較量，把美國的注意力吸引到遠東來，以調動第6艦隊，支援中東人民鬥爭。」❺

---

❺葉飛《征戰紀實》，〔上海藝文〕1988年版

7月31日至8月3日，赫魯曉夫在北京時，極力反對中國以武力解放台灣，製造台海危機。

當時駐金門的國府軍有6個步兵師，2個戰車營，共88,000人，佔總兵力的1/6，還有島上的5萬多居民。金門的守軍有美制155毫米榴彈砲為火力主幹，加上75毫米山砲，火力比解放軍的各種混合火砲（尤其美、日舊式砲）還強。

1958年8月23日下午7時30分，解放軍由福建對岸開始砲擊金門。5天內，共軍一共打了105,000發砲。美國基於《中美共同防禦條約》，決定支援蔣介石，9月3日警告中國不要進攻金門。杜勒斯也在9月30日向記者表示：「中共若在實際上停止砲擊金門，使國府大軍駐紮金門並非上策。」換句話說，美國試圖強迫蔣介石撤出金、馬，換取中共的停火。

10月6日，毛澤東以彭德懷（國防部長）名義發表《告台灣同胞書》指出：

「我們都是中國人，三十六計，和為上計。金門戰鬥，屬於懲罰性質。你們的領導者們過去長時間太猖狂了，命令飛機向大陸亂鑽。遠及雲、貴、川、康、青海。發傳單、丟特務、炸福州、擾江浙，是可忍，孰不可忍？因此打一些砲，引起你們注意。台、澎、金、馬是中國領土，這一點你們是同意的，見之你們領導人的文告，確實不是美國人的領土。」

毛澤東重申只有一個中國，要和「台灣的朋友」談判，當然，「再打三十年，也不是什麼了不起的事。」他宣佈從10月6

日起，停止砲擊7天。10月13日，中共國防部又下令停止砲擊金門二個星期。

毛的策略不外乎避免戰爭擴大到中國大陸，繼續維持和美國的場外交易，打斷美國製造「兩個中國」，或「一中一台」的局勢，也就不逼蔣介石退出金馬，反正政治目的達到就夠了。10月16日，香港《大公報》刊登張治中邀請陳誠和蔣經國去大陸參觀的消息，美國也表示歡迎停火。10月12日，艾森豪派了曾經建議蔣軍撤出金馬的國防部長麥克羅伊來台北，沒什麼進展。

10月21日，杜勒斯來台北，與蔣介石進行三天四次的會談。23日雙方公佈〈中美共同公報〉上，蔣介石坦承：「中華民國以恢復中國本土民眾的自由為神聖的使命，並相信這一使命之基礎，乃建立在中國人民之民心，而達成此一使命之主要途徑，為實現孫中山先生之三民主義，而非憑藉武力。」

蔣介石至此坦承放棄以武力反攻大陸，但卻得到美國承認金馬的防禦與台灣防禦有密切之關聯。中共後來又改以單打雙不打，即單日砲擊，雙日停火的戰術，維持台灣地域的緊張度。其最終目的是迫使美軍撤出台灣及西太平洋。這個戰術一直持續到1979年1月1日才停止。

金門砲戰終於以喜劇收場，毛、蔣各唱各的調。值得一提的是，當時白團在8月25日就赴馬祖視察，並停留五天指導守軍指揮部實施兵棋演習。

當共軍砲擊金門時，蔣介石在桃園角板山的官邸邀請富田、

彭孟緝、張柏亭三個人，研判情勢。富田直亮在一陣沈思後問到：「目前可有最新的狀況？」蔣介石的情報是：「匪砲仍在繼續射擊，但無其他行動。」

富田看看自己的手錶，笑著對蔣介石說：「金門沒事，共軍如果有所行動企圖，現在已經七點多了，應該早就開始了。」他停了一下又解釋說：「但須對金門作充分補給準備，砲擊可能一時不會停止，現在須注意馬祖，以防共軍吸引我方注意力於金門，而在馬祖有所突然動作。」

蔣介石當場下令富田和張柏亭飛往馬祖，把一封他的親筆信交給馬防部指揮官何俊中將。

白團此後一再到金門、馬祖視察。白團建議在金門要事先推進兵力，儲備作戰資材，以備正面進攻中國。

白團難道不明白蔣介石的真心？蔣介石老早就不想反攻大陸了，儘管他在白團的面前一再表演，甚至慨嘆年歲已老，時不我與，但他一貫的龜縮哲學，就像八年「抗戰」──把大片江山丟給日軍，自己躲在重慶大後方。另一方面，他又必須天天高呼反攻大陸，才可以騙美國的經、軍援助，同時又可大行反共戒嚴體制，他真不愧是浙江商人出身的世紀大騙子，最倒霉的是台灣人。

第4章
革命實踐

## 石牌實踐社

　　蔣介石把他的影子兵團從圓山移到石牌，即目前的實踐國中，繼續陪訓他的軍官；蔣介石更加相信白團，先後從軍中召訓了中、上級幹部達5,968名。

　　蔣介石每次結業式都會出席（只有一次因感冒而例外），還一一點名召見軍官，甚至有人說，非實踐學社畢業的，根本升不上師長級以上。這話有些誇大了白團的作用，但卻凸顯出蔣介石用人，只憑一己的主觀。1949年江陰要塞被解放軍輕易得手，主要原因是當時中共地下人員用黃金買通國防部人事主管，把戴戎光的推薦信擺到第一個；又事先投老蔣的所好，戴戎共先剃光頭，甚至拔掉金牙換上白牙，老蔣召見他後十分滿意，就委派他出任江陰要塞司令，戴某被身邊包圍的「匪諜」耍得團團轉，老蔣更是被敵人看穿他的用人之術。陳誠被寵信，因為每次接到委員長的電話時，都立刻用力踢正馬鞋站好，讓老頭子感受到此君對他忠心耿耿的樣子。還有某個將領每次戰敗，他卻向老蔣發電說「某某屢敗屢戰」，而不是照實說「屢戰屢敗」。

　　總之，這就是蔣介石的用人術，說穿了不過唯奴才是用，至少高級將領都老早揣摩聖意，什麼石牌實踐班，不過一個幌子。然而，白團教官還是十分賣力地教學。

　　石牌的高級幕僚教育，分為聯合作戰研究班（聯戰班，即甲

班）和科學軍官儲備班（科官班，即乙班）兩大類。聯戰班主要陪訓上校、少將級的學生，受訓期間約一年；科官班比較慢開課，主要對象是少校或上尉級的少壯軍人，預定期間為二年。總之，蔣介石期待白團把他的軍官訓練為日本陸軍大學那樣的程度。

這種期待未免太膚淺了，戰前日本陸軍大學的課程如下：

### 日本陸軍大學學科課程

| 學科內容 | 第1年 | 第2年 | 第3年 |
|---|---|---|---|
| 交通學 | 26次 | | |
| 歷史 | 25次 | 18 | |
| 數學 | 39次 | 16 | |
| 統計學 | 12次 | | |
| 國際公法 | | | 19 |
| 國際法 | | | 20 |
| 英語 | 153次 | 153 | 127 |
| 法語 | 153次 | 153 | 127 |
| 德語 | 153次 | 153 | 127 |
| 俄語 | 153次 | 153 | 127 |
| 中國話 | 153次 | 153 | 127 |
| 馬學 | 9次 | | |
| 衛生學 | 12次 | | |
| 經理學 | 17次 | | |
| 兵器學 | 22次 | | |
| 築城學 | 26次 | 22 | |

| 參謀要務 | 49次 | 68 | 71 |
|---|---|---|---|
| 戰史 | 49次 | 93 | 80 |
| 戰術 | 80次 | 80 | 75 |
| 海戰術 | | 23 | |
| 兵要地理 | | 23 | 27 |
| 兵棋 | | 26 | 22 |
| 要塞戰術 | | | 21 |
| 馬術 | 142次 | 142 | 119 |
| 騎校見習 | | | 2天 |
| 海軍大學見習 | | 1天 | |
| 要塞見習 | | 5天 | |
| 野外測量 | 7天 | | |
| 現地戰術實施 | 21天 | 21天 | |
| 參謀演習旅行 | | | 24天 |
| 戰史旅行 | | | 25天 |
| 特別大演習 | | | 1天 |
| 隊附勤務 | 7.31～9.22 | 7.31～9.22 | 7.31～9.22 |
| | （兵・騎兵） | （炮・騎兵） | （工・步兵） |

（引自上法快男編《陸軍大學校》附錄第8，〔芙蓉書房〕1978年版）

　　再回顧白團的教學，可看出他們的苦心，把一群敗軍之將改造成「陸大生」是何等的困難？

　　石牌實踐學社從1952年～1965年8月為止，13年內一共開了聯戰班12期、科訓班3期以外，還有戰史班（兵學班）4期，高級兵學班6期，戰術教育班3期。

　　彭孟緝仍舊掛名實踐學社主任，副主任是曹士澂少將和劉仲荻中將。彭孟緝身兼數職，主要職務在「抓匪諜」，後來又眞除爲參謀總長，實踐學社事實上由鄭冰如代行。1956年劉仲荻打進冷宮，成爲總統府戰略顧問，張柏亭以副首席研究院補缺，但他在1962年因貪污瀆職罪經過判刑而撤職。

　　1959年3月1日，實踐學社因動員幹部訓練班結束，鄭冰如也打進冷宮後，遺缺由何世統中將接任，1965年8月結束業務。

## 側重戰術教育

　　實踐學社最重要的課程是戰術、戰史，蔣介石一再要求增加日本教官人數，讓他們能夠在課堂上課之外，實踐上到各部隊去視察，但是這根本太困難了。

　　別說美軍顧問如何霸道，蔣介石自己的部下又豈肯把自己的底牌曝光給日本教官看？搞不好日本人照實向蔣介石報告，那他又能保住腦袋瓜多久？

　　以陸士、陸大爲主的白團教官，在蔣介石老闆的要求下，兢兢業業地敎導每一期學員戰術及戰史。例如聯戰班有五、六個圖上戰術的構想，每一構想約爲40～50多小時；加上三次現地戰術、一次參謀旅行，二次兵棋演習（2～4天），如果比照日本陸軍大學的課程，非旦縮水，簡直太可憐了，如此速成的敎育，又能夠訓練出什麼呢？

系賀公一（陸士44期步兵科）擔任戰略戰術教官，他又兼修速射砲科，1941年是參謀本部大本營的陸軍部參謀，1944年又擔任新加坡的第7方面軍參謀，可算是經驗豐富。系賀在1951年5月初抵台，首先去湖口訓練第32師。

蔣軍根本沒有精密的中國地圖，日本教官只能從過去台灣軍留下來的舊地圖去重新繪製，選定了福建及廣東作爲圖上戰術的對象。

早在圓山軍官訓練團時期，蔣介石就把陸海空三軍學生一起集合受訓，在日本則是分開教育的。既然選定了福建及廣東，卻沒有任何資料，本鄉健還有在台北圖書館找到一些民間資料，提供教材用。日本人早在戰前就研究中國，一套套百科全書式的中國地理、按省分類，皆在台北圖書館（台北市八德路，後來改制爲中央圖書館台北分館）。

中國有睡午覺二個小時的好習慣，要求停止演習，令日本教官啼笑皆非。此外，中國軍官不肯吃冷便當，一定要吃熱食，吃了便當就拉肚子，可見當時蔣軍軍官的體能與素質的一般。

日本教官要求每個學員寫報告，想定內容爲連續狀況的推演改、防、遭、追、退重點，必須設定一個月以上時間。這逼得學員利用夜間通宵達旦寫功課，陸軍中將葉以霖回憶說：「中年受訓之研究員，受訓畢業後，必致老眼加深，白髮加多，鋼筆寫壞幾隻。」❶

日本教官也必須把每一份學員交上來的功課逐字批閱，作爲

成績考核，比學員還要認眞。

## 戰史教育

除了戰術教育外，白團也注重戰史教育。例如1958年間，本
鄉健講授「希特勒的戰爭指導」課程時，蔣介石就命令蔣經國、
參謀總長王叔銘、三軍聯大校長羅列、陸軍參大校長皮宗敢等人
列席務廳。

日本人對拿破崙的用兵如神，一向十分崇拜。拿破崙戰史由
富田總教官指定鍾大鈞主講。二次大戰的海、空軍戰史，則由有
戰爭經驗的日本教官主講。

然而，令筆者懷疑的是，國府軍官是否眞的聽懂了？他們對
外國的知識幾乎等於零，什麼諾曼第登陸、偷襲珍珠港，太平洋
海空戰爭，簡直太遙遠了，中國兵除了有一小支去緬甸打仗的經
驗之外，「八年抗戰」中躱避日軍的時間多過正面交戰，戰後又
忙著「打共匪」。他們的學養底子一下子要補充這麼龐大的情
報，恐怕不如蔣介石下令全體官兵觀看三船敏郎主演的電影《聯
合艦隊司令山本五十六》來得深刻的吧？

後來，本鄉健又在戰史研究班中加上了兵學理論與兵技研究
的課程。

---

❶引自林照眞《覆面部隊》p.180〔時報出版〕

系賀公一（左）與曹士澂回憶當時的「白團」（於東京偕行社會議室）

　　實踐社後期由蔣緯國主持，他藉白團成員編成抗日戰史，白鴻亮先去東京接洽，再派李傳勳去日本蒐集日軍對中國的戰爭史料；那時候前實踐學社主任彭孟緝正出任駐日大使。

　　李傳勳在三週內向日本防衛廳戰史室及拜訪前對日作戰將領（例如澄田睞四郎、神因正種、今井武夫等），取得相當豐富的資料。

　　這批資料再由白團成員協助，國防部史政局終於完成翻譯及編寫的抗日戰史。

## 黨政軍聯合作戰研究班（聯戰班）

圓山軍官訓練團高級班在1952年5月下旬結束後，曹士澂告訴系賀公一說，下一個工作目標是培養高等統帥的幕僚教育，以陸軍爲主體的三軍高級幕僚教育（30名），期間爲一年。其次是規劃設計研究，第三是指導動員；第四是全體軍隊的通信教育，第五則是資料的蒐集。

由於美軍顧問團已在1951年進入台灣；蔣介石的策略是對白團的人進行裁減，準備回去的不再續聘，正在日本待命的不必來了。但是，至少需要56名教官。由於岡村寧次的建議（詳見第4章），白團成員在1952年5月下旬已縮減至36名，而美國人堅持只能有18名。

美軍顧問也在1952年7月中旬介入蔣軍的軍事訓練，湖口的教官也只剩下3名，加上其他成員才有36人。

曹士澂也向白團表示，1953年9月起外籍教員裁至18人。其他則由國府的軍官補充，他們以實踐學社研究專員的身份，研究員甲是日本教官，研究員乙則是中國教官。不過，曹士澂指出，石牌訓練團完全由日本教官主持，沒有中國教官；至於參謀大學則沒有日本教官，他們只擔任顧問。

聯戰班分爲12期，授課實況如下：

**第1期** 1953.7.2～1954.1.27

受訓對象：師、軍長以上、黨政高級幹部與高級幕僚37人；總計陸軍31人，海軍3人，空軍3人。

內容：徹底貫徹反共抗俄國策，選擇軍官訓練團各級結業優秀人材，研究平時戰時兩時黨政軍配合，建立總體戰體系，並研究蘇聯侵略、中共軍情戰法。

**第二期**　1954.7.5～1955.3.10

受訓對象：41人，包括陸軍33人、海軍5人、空軍3人。

內容：對三軍高級將領磨練用兵及幕僚作業，以養成將來三軍聯合作戰之高級指揮及幕僚。

**第3期**　1955.4.4～8.31

受訓對象：師、軍以上將領及幕僚共59人，其中陸軍46人、海軍6人、空軍7人。

內容：提升指揮官的黨政軍聯合作戰實力及修養。

**第4期**　1955.9.19～1956.3.12

受訓對象：軍、師長以上之正副主官、高級幕僚共52人，其中陸軍41人、海軍5人、空軍6人。

內容：同第3期

**第5期**　1956.4.21～1957.1.13

受訓對象：上（中）校級62人，包括陸軍46人、海軍8人、空軍8人。

內容：訓練中堅指揮官，提升戰術戰技修養。

**第6期**　1957.3.1～12月底

受訓對象：上校級61人，包括陸軍佔70%，海空軍各佔15%。

內容：訓練中堅級將校，陶冶其思想品德，提升戰鬥指揮能力，以養成忠黨愛國之優秀國軍幹部。

**第7期**　1958.3.1～12.30

受訓對象：60人，陸軍44人、海軍7人、空軍9人（皆中校級）

內容：同第6期

**第8期**　1959.3.1～12.30

受訓對象：60人，同第7期，陸軍佔70%，海、空軍各佔15%。

內容：同第7期

**第9期**　1960.2.22～12.19

受訓對象：59人（陸軍44人、海軍13人、空軍12人）

內容：同第8期

**第10期**　1961.2.27～12.28

受訓對象：同第9期，共陸軍51人、海軍7人、空軍8人（合計66人）。

內容：同第9期

**第11期**　1962.2.26～12.28

受訓對象：同第10期，共62人，包括陸軍47人、海軍9人、空軍6人。

內容：恪遵《反攻作戰指導綱要》，徹底貫徹積極主動的作戰思想，養成高級指揮官之正確判斷力及果毅的實行力。

**第12期　1963.4.1～12.28**

受訓對象：同11期，共計陸軍46人、海軍8人、空軍8人（合計62人）。

內容：同第11期

其中第3、第4期爲培養高級指揮官及高級參謀，對象是師、團、軍級高級將領，他們不在實踐學社，而改在隱蔽的草山革命實踐研究院內受訓。

當時正逢韓戰停戰，台海情勢再度緊張起來，1954年金門砲擊、大陳島附近的海空激戰情況下，美國第7艦隊也加強巡弋台海，許多美軍顧問在金門的砲擊下，氣得美國遠東軍事司令官哈爾揚言，要使用原子彈和「共匪」一決雌雄的這種情況下，蔣介石要求白團儘快訓練他的高級將領與參謀，簡直明天就要反攻大陸似的。

## 統帥綱領

系賀教官編寫了給蔣軍軍官看的《統帥綱領》，因爲蔣介石不喜歡美式教育，完全依賴日本教官。系賀拿了從前日本參謀本部島村矩康所編的《統帥綱領》（剛好本鄉健手上有一本）作爲藍本。

　　首先是大軍統帥的作戰計劃、圖上戰術、會戰指導，加上兵站作業等等，都有詳盡的說明。系賀把整個目標放在反攻大陸，他考慮到蔣介石的「七分政治三分軍事」的原則，也相當側重政戰兩面的聯合作戰方式。他指出，一旦反攻，要從政治工作先下手，並投下游擊隊，從大陸內部策反。有了策反，才能配合渡海及登陸戰，以及海、空軍戰的統合運用。

　　系賀幾乎從早到晚寫下數千頁的《統帥綱領》。可惜的是，從來美軍介入國府軍隊後，這份《綱領》就被束諸高閣了。

## 戰史研究班（兵學班）

　　1958年1月11日，實踐學社又開辦了戰史研究班，因為蔣介石特別重視戰史，這十分諷刺，他那懂什麼戰史戰術？四年國共內戰，都是他一個人在後方拿電話瞎指揮，他的戰術就是把雜牌軍拿去打共匪，既可滅敵，又把其他軍閥的軍隊消耗掉，西安事變（1936）的教訓對他根本還不夠。最後輸掉中國大陸的江山，蔣介石才勉強接受事實，經常去聽日本教官的戰史課程。

　　本鄉健擔任戰史主任教官，他是白團的「戰史之神」。系賀指出，本鄉太用功了，他去世後，同學發現他桌前的坐墊已經腐爛了，可見生前用功讀書寫字的程度。他在台灣的嫡傳弟子就是**李傳勳**，此人後來負責去東京蒐集日本對華戰爭的資料，編輯抗日戰史。

**第1期** 1957.3.1～12月

受訓對象：選拔陸軍為主的14名軍官

內容：研究古代至現代的重要戰史，以促進理解戰爭指導、戰略、戰術思想之變遷，養成戰史研究之基礎，以便培訓戰史教官及編纂戰史。

**第2期** 1959.8.17～1960.4.15

受訓對象：陸軍13人

內容：研究中外戰史，闡揚蔣介石的《反共作戰指導綱要》；同時注重主動、先制和創意之啟發，以磨練統帥才能。

**第3期** 1961.5.15～1962.9.12

受訓對象：陸軍18人、海軍1人、空軍1人

內容：同第2期

**第4期** 1963.2.25～1964.6.29

受訓對象：選拔聯戰班20人，計陸軍18人，海、空軍各1人

內容：研究大軍統帥與兵學理論，依戰史例證，陶冶軍事思想，培養一軍統帥及指導戰爭之將領。

## 科學軍官儲訓班

石牌訓練團又在1959年6月開放科學軍官儲備班（即乙班），選拔參謀學校前10名畢業生163人入學。

**第1期** 1959.6.14～1960.12.30

受訓對象：陸軍32人、海軍4人、空軍4人（合計40人）

內容：選拔三軍少（中）校級之指揮官及幕僚，訓練科學知識，提高軍事修養，磨練其戰術能力，以養成忠黨愛國之德性，優秀卓越之才能，儲備未來軍中之中堅幹部。

**第2期** 1961.2.27～1962.6.30

受訓對象：陸軍52人、海軍6人、空軍3人（計61人）

內容：考選三軍上尉及少（中）校級之指揮官及幕僚，儲備中堅幹部。

**第3期** 1962.9.10～1964.1.30

受訓對象：陸軍54人、海軍5人、空軍3人（計62人）

內容：發揚〈反攻作戰指導綱要〉，養成哲、科、兵等三體合一之幹部。

科官班一共163人，當時都是30多歲的少壯軍官，後來有的升到軍長、師長、陸軍總司令、國防部長級的，第3期的楊鴻儒說，他那一班目前至少有6個上將。

最令人日本教官記得的是，科官班的最優秀生是台灣人。第2期的陳漢業，第3期的楊鴻儒更是傑出。

**楊鴻儒** 如今已70歲了，他是1949年8月去鳳山受訓（孫立人主持），後來又成為陸官24期生，1966～68年又去日本陸上自衛隊幹部學校，成為唯一的外國留學生。由於日本教官用日語授課，他和陳漢業都聽得懂，又重聽一次中國翻譯官的課，等於聽二次，當然比其他大陸來的軍官強得多。

　　楊鴻儒當過第10師的作戰官，後來在國防部上班；蔣介石就是不讓台灣人當帶兵官。楊先生在1970年代初，因為友人發行一份給在台日本人看的經濟新聞上面，刊有對台灣退出聯合國的觀點，而被扣上叛亂的大帽子，被丟進政治犯監牢，關了7年8個月。岩坪博秀對筆者指出，中國人終究是人治社會，他一直對楊鴻儒的遭遇十分感慨，也一再向筆者打聽楊先生的近況。

　　楊鴻儒回憶受訓期間，他和其他人幾乎天天晚上趕寫作業和報告。日本教官從不考試，但是眾多教官一起評鑑，要有好成績並不容易。

　　開學時蔣介石親自點名，蔣經國只去過一兩次，有一次小蔣在早上六點多就來，看到學員已經在自習，點點頭就走了。

　　日本教官針對台灣的弱勢兵力，設計出一套戰術，學員稍不認眞，就當場被日本教官訓斥，楊鴻儒還記得白教官最嚴厲。

## 高級兵學班

　　高兵班是實踐學社的最高班次，受訓的幾乎全是高級指揮官及幕僚長。研究內容以反攻作戰大軍統帥的實際構想及推演爲主。由於學員多是現職高級將領，只能上半天課。

　　富田直亮親自主持高兵班，這時候蔣軍已經完全美式編制了，蔣介石十分警惕，要求他的將領必須有日本軍的精神。

　　蔣介石認爲，日本明治維新以來，短期間內軍隊就貫徹愛國

精神，其秘密就在武士道。富田親自向蔣軍高級將領講授武士道精神。不過他似乎忘了，這批高級將領效忠的是蔣介石和國民黨，並不效忠台灣這塊土地及台灣人民。蔣介石要全體軍人看《明治天皇與日俄戰爭》、《聯合艦隊司令山本五十六》等日本電影，表面上要他的部屬發揚日本軍國主義精神，骨子裡是要他們赤膽忠心地為「蔣天皇」效命。

## 高兵班受訓實況

| 期　　別 | 陸　　軍 | 海　　軍 | 空　　軍 |
|:---:|:---:|:---:|:---:|
| 1 | 13 | 2 | 2 |
| 2 | 10 | 6 | 3 |
| 3 | 12 | 3 | 5 |
| 4 | 14 | 3 | 3 |
| 5 | 19 | 4 | 1 |
| 6 | 21 |  | 1 |

　　不過，蔣介石也一再徵求富田對學員的意見，以作為他選拔將領的評鑑。

　　高兵班從1963年4月22日到1965年7月3日，一共6期，每期14週，240個小時。最高重點的戰術課程80個小時，因富田直亮親自主講，並同時考核學員。

　　高兵班一共有122人受訓，其中93人來自聯戰班畢業的，共有上將15人、中將60人，少將43人及上校10人受訓。

## 戰術教育研究班

石牌時期，日本教官縮編減至18人，中國籍教官開始成為助教，最多時有30～50名，他們都是聯戰班的優等生。

彭孟緝向蔣介石報告說，聯戰班結業學員目前似已達國軍需求之飽和量，他建議自12期後停辦。他又根據富田直亮的建議，兵學班也自第4期結業後停辦，另辦戰術教育研究班，教育期間五個月，選拔三軍中上級幹部帶職受訓。蔣介石批示，照准，但縮為3～4個月。

研究班從1964年4月起，連續3期（至1965年7月止），一共召訓163人，全部是中、上校級幹部。戰術教育研究班完全由中國教官擔任，各演習則由日本教官設定，交給中國教官去執行，日本人在背後監督。

## 陸軍指揮參謀大學

1963年10月，替中國赴日本參觀世界油壓機械工業展覽擔任翻譯的留日學生周鴻慶，突然逃出旅館要投奔台灣的大使館，但是日本司機不知道地點，他就改奔蘇聯駐日大使館，周鴻慶爬進蘇聯大使館的門牆，向蘇聯人要求政治庇護，蘇聯人把他交給東京麻佈警察署。

　　台灣及中國雙方就這個事件展開政治鬥爭，最後周鴻慶還是被日本政府遣返中國（1964年1月），引起台灣「愛國人士」的不滿，有人乘機要求白團回日本。

　　蔣介石對實踐社也有了新的決定，早在1963年11月8日，他就下手令：「實踐學社的聯戰班教育，可否與陸軍參大高級班合併，歸參大教育，而實踐學社專辦兵學班與高級兵等班及科學儲訓班三種教育，以免陸大高研班與實踐學社聯戰班的教育重疊，或派系之分，照此意旨，切實研究評報。」

　　因此，軍事委員會深造教育小組的第一召集人皮宗敢中將奉命，在1963年11月18日召集各有關單位人員研究，初步擬定聯戰班至第12期後停辦，陸參大研究班接收聯戰班教育之優點，並延長為10個月。

　　皮宗敢和蔣緯國以私人身份與美軍顧問團陸軍組長歐謨立商討陸參大班事宜，以爭取美援，並向老美宣佈白團就要回去日本了。

　　1964年7月，蔣介石在高兵班第6期結業餐會上，當場宣佈：「實踐學社不再另行召訓新班，正在受訓之班期結業後即行停辦。」蔣介石下令8月結束實踐學社，另設實踐小組。

　　1964年9月間，岡村寧次的代理人小笠原清悄悄來台灣交涉；結果，決定年底先把副團長山本親雄（帥本源）等10人送回日本。這時候只剩下15個人，最後留下5人，即富田團長成為陸軍總司令的總顧問，岩坪博秀、大橋策郎、系賀公一、立山一男

等4人為顧問，並以蔣緯國為聯絡人。

蔣緯國是蔣介石的兒子，他在實踐學社前期受訓，後來則取代彭孟緝負實際責任，可見蔣介石的用心良苦。

蔣緯國意識到：「在中日大戰之中，幹部犧牲之重且快，使國軍各級幹部的素質大大低落，實踐教育使我幹部素質又奠定新的基礎，獲得新的水準。」同時，他也對白團提升軍官的素質與信心十分肯定。

白團最後5個人除了當陸總部顧問外，並且支援蔣緯國當陸軍參謀大學的校長。為了方便教學，特調原來實踐學社教官范京生等10人為陸參大教官。又另設聯絡室，由包滄瀾少將（此人懂日文）為主任；再調實踐學社編譯官成儒上校等8人為聯絡官。范京生後來升為陸參大的教育長。

實踐小組也是陸軍作戰發展司令羅友倫上將的顧問，當時司令部設在台北近郊的林口。蔣介石期待陸參大也是日本陸軍大學的翻版，他還是不喜歡美國那一套。

實踐小組在陸參大開設了「教官特訓班」（1965年10月～1968年1月）共2期；「戰術推演指導講習班」（1967年12月6日～1968年12月28日）共8期，以及「裁判人員師資講習班」（1958年4月1日～5月3日）。

只有4名教官，差點把他們累壞了。此外，實踐小組還去檢驗羅友倫的部隊。各步兵大隊在湖口接受露營、實彈射擊、戰鬥射擊等訓練，最後演習也是實彈射擊；各部隊長官被日本教官評

定爲劣等者，即使師長也立刻撤換。

最後5名的白團，還是持續4年，1966年9月2日岡村寧次去世，白團的最終使命也告結束了。1969年1月13日，白團全體回國，2月1日在東京解散，只剩下富田直亮一個人留在台灣，擔任參謀總長顧問，協助軍隊進行學術研究。

## 湖口模範師

新竹的湖口，在日本時代就有台灣軍的兵營和校場。蔣介石指定67軍第32師接受白團的特別訓練，成爲陸軍的模範，他稱32師爲「中山師」。

32師師長張柏亭是留學日本的中華民國學生隊23期生（等於陸士第44期），又是圓山軍官訓練團的副教育長。32師下轄94、95、96三個團，其中96團從東北打到海南島，由劉安祺帶到台灣，清一色是山東人。白團派10多名教官進駐32師各團，和部隊一起生活，同時又選派圓山軍官訓練團學員前往32師作實兵訓練。

32師一共1萬多人，白團的教官整理了一年的教材、進度表，一步步實行訓練，由於當時時局未穩，美援未到，武器裝備不齊。白團改變訓練方式：94團接受正面攻擊的訓練，因中山幸男負責；95團接受夜戰訓練，由井上正規負責；96團沼澤及險要地方訓練。1951年1～6月第一期開訓；7～12月第2期；1952年

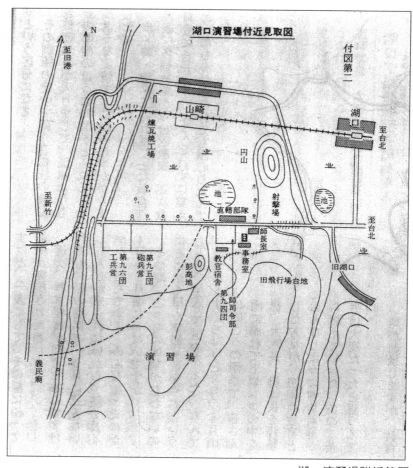

湖口演習場付近見取図

付図第二

至旧港
至新竹
山崎
煉瓦燒工場
業
円山
業
業
池
直轄部隊
射撃場
池
至台北
師長室
事務室
旧湖口
工兵營 第九六團
砲兵營 第九五團
教官宿舍
彭高地
旧飛行場台地
師司令部 第九四團
演習場
義民廟
N
湖口
至台北

湖口演習場附近簡圖

1～6月第3期。

　日本教官訓練32師的砲兵不像美國軍亂轟一陣，必須一砲擊中。工兵被訓練利用現地竹林、樹林等材料。當3、4月間下傾盆

大雨之際，日本教官仍在大雨中匍匐前進，訓練32師的官兵。

當時的32師士兵，從十四、五歲的少年兵，到50多歲的老兵都有，素質參差不齊，軍官的素質更差。

除了三個團的正規作戰教育外，機關槍訓練（新田次衛）、迫擊砲（市川芳人）、砲兵（福山五郎、篠田正治）、工兵（宮瀨蓁、村川文男、春山善良等）、通信（三上憲次）、偵察裝甲部隊（小島俊治、瀨能醇一）、衛生部隊（伊藤常男）都用日本教官分別擔任。

孫立人對夜戰特別感興趣，在參觀32師演習後，力邀白團派人支援鳳山軍校，白團就派了五個人去訓練野戰班及騎兵隊。

工兵訓練才是難上加難，當時32師的工兵只有圓鍬和十字鎬。陸士47期士兵科出身的宮瀨蓁、歷任陸士教官、工兵團長，面對如此劣勢下，首先把32師的工兵營作精神教育，即拿日本士兵那種為全軍戰勝開路的傳統精神來貫徹32師工兵營。

接著再以班、排訓練，工兵必須攀登30公尺高的斷崖，又在斷崖上訓練投彈。此外，工兵必須訓練架橋，先在河另一邊找竹子、樹林造船及運載材料，並訓練偵察敵陣，這一次都用日本忍者的方式來訓練。

秋天演習時，由井上正規計劃，96團指揮一連的步兵協助工兵開路。他們從竹東爬過角板山，進入羅東。起先預定為4天3夜，後來又增加一夜時間，途中沒有休息接連趕路，終於成功地結束。

　　32師的訓練總算在一年半內完成，接著秋季演習，展開師對抗，以竹東—關西間為戰場，包括山地、河流一併在內，32師比其他各師更加優越，蔣介石看過後十分滿意，孫立人和陳誠也就不再對白團有所不滿了。

　　後來，蔣介石把32師調至士林官邸的周圍，成為他的御林軍，而其中第96團更成為總統府的警衛部隊。

　　1952年，正當32師完成訓練不久，美軍顧問團長蔡斯率團來台灣，向蔣介石表示，既然請我們來了，日本顧問團就不能再留下。

　　蔣介石微笑回答說：「日本人是在你們不幫助我們的時候伸援手。」然而，最後他還是妥協，把白團人員減半，中山幸男與井上正規就回日本去了。

　　事實上，除了32師以外，白團也無法介入其他部隊去作實際帶領訓練，一切改由軍官班和實踐學社去執行。

第5章
戒嚴體制下的總動員

## 軍事動員

蔣介石內心十分擔憂的是，台灣四面環海，所有部隊必須隨時備戰，以備中共的進犯。然而，台灣沒有後備軍隊，軍隊中更缺乏動員機構。

動員是現代國家必備的要件之一，誰能最迅速地動員國民，誰就能掌握致勝的先機。二次大戰前日本及德國的國民總動員，充分發揮了效果，日本即使在戰敗前夕，仍能有效地動員後方的人民準備「玉碎」──和美軍一決死戰；二次大戰後，日本在破礫殘瓦中又能迅速動員，很快使社會恢復秩序，這都是平時不斷動員演習的成果。

白團從台灣軍隊的老弱殘兵實況，發現老兵無法承受日本式的軍事教育，而新兵又缺乏戰鬥意志──因為大多數新兵都是蔣軍在敗退前沿途抓人，甚至用繩子捆豬似地綁架到台灣的，許多新兵日夜思念的故鄉，吵著要回家，開小差、逃亡，甚至不堪老兵凌虐而自殺。

如此亂局下，唯一解決之道是在台灣招募新兵；同時，把老弱殘兵逐年讓他們退伍，安排就業或就學，才能使軍隊換血，並重新訓練與整備軍隊。

1951年6月21日，前第4師團動員參謀山下耕（易作仁）來台，月底就展開動員體制工作。一開始有10名白團成員參與，後

來因爲白團人員裁減，最後只剩下山下耕和大橋策郎（喬本），富田正一郎（徐正昌）等3個人負責，由易作仁全盤策劃。大橋和山下都是陸士44期的，一起乘「鐵橋號」偷渡入台灣。富田是陸士第45期，在近衛師團擔任動員工作。其他又有笠原信義，他本來是工兵，後來改爲軍隊的主計；土屋季道出身東京帝大，也是主計方面的專才。川田一郎負責通信，美濃部浩次也有動員的經驗；小杉義藏雖是憲兵，但以前工兵出身；河野太郎是陸軍航空隊的少校，松崎義森則是海軍的中校。美濃部、笠原先在1952年7月離台，土屋、川田等五人也在1953年12月離開台灣。

國防部也派了七名精通日語的軍官協助白團：王丕丞（相當於陸士42期）是國防部物質局長，中將退役。傅崇文以少將退役，在大學任教授。佟壽勳是從文職轉入軍職的，後來客死美國。艾濟民一向擔任白團的通譯，後來去了舊金山。高志藻後來在台北某大建設公司當財務經理；曹立諶本來是聯勤通信單位的教官；最後一位的孔夢熊是汪精衛南京政府的軍官（相當於陸士54期），後來客死洛杉磯。

蔣介石焦急地等待山下耕等人的到來，他們抵台的第二天（6月22日），就被老蔣召見。蔣介石又指定彭孟緝和鄭冰如兩個保安司令部副司令，在日本教官指導下實施動員演習，蔣介石又在7月間再三責成白團及彭孟緝等儘速實施動員演習。

根據大橋策郎的回憶，彭孟緝的日語已經幾乎忘光了，**鄭冰如**出身中華民國學生隊第22期，相當於陸士第43期（比大橋策郎

高一期），福建長汀人，留學陸士砲科，又唸過陸軍大學。他在1943年當過陸軍大學兵役教官。1945年底出任軍政部兵役署副署長，1947年升至國防部兵役局中將副局長，難怪蔣介石要重用他擔任動員的大任。他大概在30歲左右才去日本留學，但是日語也不太靈光。

當時10名白團成員主要的任務分別是：在石牌訓練動員幹部，為國防部作成各種動員計劃；協助聯勤總部的動員研究；指導各單位進行動員實施；在各縣、市政府，及各兵工單位、民營工場指導動員業務。

## 特別命令下的動員演講

大橋策郎回憶說，當時國防部對動員演習根本就「不關心」，反而是保安司令部的一批人注重蔣介石的命令。日本教官認為必須集結國防部或陸總部的人，一起來籌備，成立「復興省員籌備委員會」。

國防部又設在總統府裡面，戒備森嚴，出入必須持有照片的通行證讓憲兵檢查，搞得日本教官十分頭痛。

只有二個月的準備「復興省動員」期間，山下耕一面籌劃，也不忘在1950年10月向各方面人馬展開行前演講。蔣介石親臨會場，行政院長陳誠、國防部長郭嶠以下主官、幹部都列席聽課。11月中旬，山下又開了另一次演講課。

　　這次演講的內容主要是針對台灣完全沒有動員或徵兵的基礎，根本沒有實施動員的能力。因此，當務之急是充分整備，並針對兵役制度及動員儘快有所認識。日本教官指出，台灣目前軍隊的部署完全進入備戰狀態，根本無法動員。日本式的動員是在平時早作準備，因此動員工作由師管區司令部，或者團管區司令部來承擔的，台灣當前根本無能為力。

　　其次，台灣全無後備兵力，即使日本統治時期留下來的台灣兵，各機關也全無掌握他們的名單，又如何對台灣人實施動員召集呢？

　　兵役法又有名無實，誰都知道在大陸可以花錢雇人冒名頂替去當兵的，山下教官更一針見血的指出，大陸來的老弱殘兵即使安排就業就學，台灣女性討厭大陸兵，何況二二八事件的影響，台灣人對軍隊的反感可想而知。因此，這些人退除役以後的職業輔導是迫切的大問題。日本教官要求國府軍隊主官迅速認識這個問題，確立對策，把握現狀。

　　這些諍言在現在聽起來，還令人震撼，但是當時蔣介石的敗軍之將又有幾個肯認真思考？後來事實證明，這批大陸軍人心不在台灣，動員歸動員，反正沒出大錯就應付過去；反而是台灣兵確實是被「動員」至今五十年，真是歷史的諷刺！

## 復興省動員演習

1952年2月，蔣介石特別命令下的復興省（台灣）動員演習終於如期展開。這是蔣介石在台灣第一次的動員演習，日本教官把這次演習當作示範演習，並以日本教官訓練出來的獨立第32師下第94團作為演習部隊。

第94團擔任動員部隊，並由第32師師長張柏亭，擔任動員管理官。山下教官發現台灣根本沒有團管區或師管區的編制，也不能臨時搞出來。他們認為，以台北市為中心，包括新竹縣、桃園縣、宜蘭縣及台北市，可分別成立三個團管區，相當於日本的聯隊區司令部，以一個縣作為一個團管區，來作動員的準備。

台北師管區則以32師師長兼區司令官，這時候最重要的是須先編製一套《軍動員計劃令》。日本教官居然在國防部裡找到了一份從前在華北作戰時，日軍遺落的一份這種資料，簡直是喜從天降，立刻著手翻譯成中文。

山下耕說，塞翁失馬，焉知非福，這份在華北遺失的機密文件，卻又用到國府軍隊上面。諷刺的是，中國軍隊當時擄獲這份資料，卻看不懂，把它丟在國防部的一個角落，一直保存到戰後。萬一這份資料被國府方面拿來運用，後果不堪設想。

蔣介石十分關心這場演習，指示先作室內演習，他看過後相當滿意。然而，在2月份於湖口練兵場正式展開時，蔣介石卻臨

時感冒無法親自閱兵，改由陳誠代表閱兵。

　　大橋策郎指出，日本動員所需時間需要一個星期，對台灣而言太久了。台灣必須像以色列那樣，在24小時內完成動員。一切都按原計劃進行，國府主要官員第一次見識到了日本式的計劃動員，從此台灣的動員就照這種方式進行了。

## 動員幹部訓練

　　動員演習結束後，白團積極展開動員教育。1952年8月，國防部在石牌成立動員幹部訓練班，直到1959年3月底的7年內，一共辦了45期，訓練人次有9,330人。

　　國防部正式接掌動員兵役任務，彭孟緝則專心在保安司令部負責抓當時全台灣的「匪諜」，掀起白色恐怖的高潮。當時國防部下設類似動員的局，由中將擔任局長，下面再有五、六個單位，成立國防部軍事動員委員會（1951年8月），由副參謀總長蕭肅毅主持。

　　**蕭肅毅**（1899～1975，四川蓬州人），雲南講武堂第14期工科畢業；1930年入陸軍大學特別班，歷任高參、少將；1942年為中國遠征軍司令長官部參謀長；1944年底為陸總部參謀長；1946年起在四川，白團團長富田直亮飛重慶時第一個和他見面。1955年他又調任國防計劃局長，1958年升為國防部動員局長，1967年特派為國家總動員委員會副主任委員，可見蔣介石相當倚重他。

當時由蕭蕭毅主持開會，石覺、羅列等將領都出席，後來海軍將領馬紀壯接任他的職務。**馬紀壯**（1912～？）在革命實踐研究院軍官訓練團第1期畢業，又在三軍大學第2期受訓。陸、海、空、聯勤各單位的將領，每週一次集合開會，討論將來的動員任務，山下耕負責協助他們。

## 兵役制度的改變

國民政府在1933年6月9日公佈〈兵役法〉以來，事實上是在蔣介石的地盤上才能募兵。1951年12月29日，總統府修正全文36條，才正式在台灣徵兵。其中第一條規定，「中華民國男子，依法皆有服兵役之義務」；也就是說，全台灣18～45歲以上男子，除了傷殘、精神異常或重大疾病之外，人人皆有服兵役的義務。

由於必須淘汰大陸來台的老弱殘兵，國民政府規定陸軍現役二年，海、空軍現役三年，退除役後編入預備役，隨時聽候動員徵召，45歲除役。

如此一來，蔣介石把大陸來的雜牌部隊及他自己的老弱殘兵逐年淘汰，更把一批非黃埔嫡系的140多名將領逼退。更於「凡曾判處七年以上有期徒刑者，禁服兵役」稱爲「禁役」，在國民身份證上面的兵役欄明白蓋上了「禁役」兩個字，讓社會上不予接納，將他的工作權永遠剝奪。妨害兵役者，即逃避徵調、逃兵、頂替他人應徵應召，或以暴力或其他辦法反抗或違害兵役

## 台灣兵役分類

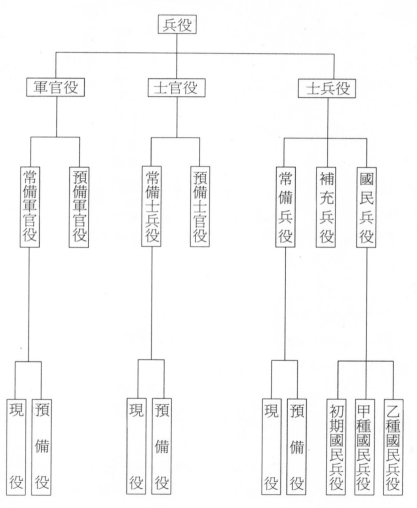

## 軍官、士官服役年限及年齡

| 服役種類 | 年　限 | 限　齡 |
|---|---|---|
| 軍官役 | 現役軍官服役年限<br>少、中尉　　10年<br>上尉　　　　15年<br>少校　　　　20年<br>將官每級<br>增加　　　　10年<br>女軍官　　　4年 | 現役軍官服役年齡<br>少尉　　43歲<br>中尉　　45歲<br>上尉　　48歲<br>少校　　50歲<br>中校　　52歲<br>上校　　54歲<br>少將　　57歲<br>中將　　60歲<br>上將　　64歲 |
| 士官役 | 服役年限<br>現役士官　　10年<br>現役女士官　3年 | 服役年齡<br>下士　　　50歲<br>中士　　　50歲<br>上士　　　50歲<br>准尉　　　50歲<br>士官長　　58歲 |

者，以妨害兵役之罪治之。

　　這一套完全是仿效日本的兵役制度，至今仍在台灣實施。主持兵役業務的，是鄭冰如中將。

## 退除役官兵就業輔導委員會

　　為了安排退除役官兵的就學就業，蔣經國自己成立「退除役官兵就業輔導委員會」，隸屬國防部總政治部。由於山下耕極力反對退輔會不宜設在軍中體系下，二年後才改隸行政院。

　　蔣經國把退除役的「老芋仔」驅趕到中央山脈去開橫貫公路。當時根本沒有什麼大型的推土機，這批老兵用雙手開拓橫貫公路，許多人死在半路上。

　　此外，老兵又就地開拓農場種水蜜桃、高山蔬菜，以及一些窯場。由於事先沒有一套完整的規劃，成為日後水土保持當前頭痛的大問題。

　　日本教官盛讚退輔會妥善安排老兵，卻看不到黑暗的另一面。傷殘老兵被安置在榮民醫院等死，許多老芋仔退伍後由於不識字，退伍金被人騙光、淪落街頭。這些社會問題卻由台灣人去承擔，台灣人繳稅金供養這批老兵；而除了極少數老兵，至今仍不把台灣當作安身立命之處，還心懷祖國——北京，還參加新黨及親民黨搖旗吶喊，視台灣為客地。

　　蔣經國更狠毒的一招，是把一批退除役官兵送至台灣民間企業去當守衛、門房或學校的工友。這批老芋仔好吃懶做，又有小蔣當靠山，處處氣勢凌人，把台灣人當奴隸，製造不少對立矛盾，這批人終究是蔣家的「忠犬」，在第一線監視台灣人。不論他們是軍官或士兵，都造成台灣人的極度反感，但是又何奈？

## 榮民工程處

　　退輔會最大的企業是榮民工程處。榮工處獨佔台灣大小公共工程，也承包外國（例如阿拉伯、印尼的高速公路）的工程。

　　榮工處把台灣民間的工程一把壓制，誰要承包大工程，就得先通過榮工處，請榮工處手下留情，得付一定的紅包。台灣人建築業包商叫苦連天，卻抵不過蔣經國。

　　蔣經國黨政一把抓，又有榮工處作為生財的工具，在台灣橫行數十年。日本教官卻一再盛讚榮工處的豐功偉業，簡直令人又好氣又好笑。

　　榮工處表面上隸屬於行政院退輔會，卻是台灣島上的獨立王國，因為它的背後就是蔣太子，那個立法委員敢質疑它的地位？

## 國防部春季動員演習

　　白團協助下，國防部的動員體制逐漸完備，修正法令，1954年2月，實施春季動員演習。

　　當時第32師已不在湖口練兵場的四周，各團已經以平常體制部署在台北市周邊了。這次演習主要把第32師動員成2倍兵力的演習。以前在復興省動員演習時期，只能把預想的名簿點名徵調，和兵役無關的人也被動員。大橋策郎指出，這種動員十分勉強，結果是把能調動的部隊調來充數。

　　這次演習是檢驗成立動員機構與法令配合程度如何，因此各地觀摩的人十分踴躍。演習當天從第32師分出的132師關閉松山國際機場，所有國際、國內航線一律停飛，舉行閱兵式，由蔣介石親自閱兵。

　　白團成員最驚訝的是，當天台北街頭到處聽到日本軍歌〈必勝必勇〉響徹雲霄的景象。台灣青年接到動員令，上面只寫著某年某月某日到什麼地方報到，許多台灣青年以為是徵召入伍，家人紛紛為他們披上紅彩帶送行。有些家屬還在火車站上揮淚送行。大橋策郎深受感動，台灣人大概也以為去當兵可能一去不復返了。

　　這場春季演習也成功地結束，蔣介石十分滿意。由於演習成功，接著又有海軍的「海光演習」、陸軍的「陸海演習」，空軍的「楷模演習」，以及國防部的「致遠演習」。白團也成功地協助蔣介石建立了各地的師管區及團管區。

　　山下耕始終一貫地指導國府軍隊的動員演習及動員人員訓練任務，並至各地指導。鄭冰如中將也功成身退，1953年轉任總統府戰略顧問。另一個日本教官富田（徐正昌），也被調至石牌的實踐學社擔任戰術教官，軍事動員也就告一段落了。總之，從1951年8月起至1958年3月底為止，先後召訓的人員如下：

　　**動員幹部訓練班**　1952年11月27日～1958年3月，一共31期，受訓人員7,697人，受訓期間為3～6週不等。

　　**留守業務幹部訓練班**　1956年8月6日～1956年12月20日，共召訓4期，受訓人員952人，平均受訓2週。

　　**動員業務高級講習班**　1957年1月7日～1957年3月16日，共召訓3期，受訓人員158人，平均2週訓練。

　　**動員研究班**　1957年9月～1958年3月21日，共召訓4期，受

訓人員232人，平均受訓11週。

## 軍需動員

山下耕指出，只有把人集合起來的動員是不夠的，還必須對車輛及物資進行動員。這時候，岩坪博秀就被啓用了。

**岩坪博秀**，陸士42期，1930年出任輜重兵少尉，翌年在砲工學校旁聽，1934年擔任汽車學校練習隊附，1939年爲汽車第一聯隊中隊長（長春）。1939年12月他又進入陸軍大學（～1941），畢業後任第52師團參謀，1942年在廣東作戰時任第23軍參謀，12月又兼任香港總督府參謀。1945年1月，他擔任陸軍大學兵學教官，9月爲金澤師管區參謀。

在大橋策郎的領導下，岩坪準備每期14小時的講義，即負責備戰的課程，並分擔日本軍需工業發展史的講座。

白團分派工作，被服、糧秣方面由土屋季道擔任，通信器材由川田一郎負責，大橋負責兵器及車輛的調度，他們首先建立了台灣省車輛動員委員會。

## 車輛動員委員會

由於台灣防衛的車輛不足，必須徵調民間車輛；至少可以運輸軍隊的軍需及武器。白團估計至少需要20萬輛的小型車輛。

岩坪博秀（陸士42期）

　　白團把台灣的民用車輛分爲北、中、南、東部四個大隊，下設中隊及小隊，例如卡車配屬於第幾大隊、第幾中隊、第幾小隊登記，由什麼人在什麼地點負責指揮。儘管人力不足，但台灣省車輛動員委員會全部由軍人包辦。

　　從前台灣大小車輛，不論汽車、機車，甚至連腳踏車都要登記，表面上是納稅，事實上是動員管制，這一點筆者至今寫此書才恍然大悟。以往我一直以爲國民政府向台灣人課徵萬萬稅，沒料到背後還有動員這層作用。

　　大小車輛由軍人掌握，上面則有國防部第4廳（廳長宋達，即前台灣省長宋楚瑜的父親）全面掌控。它的下面則是聯勤總部

的運輸署負責，但表面上屬於台灣省車輛動員委員會。

　　大橋教官十分重視車輛的動員，一名叫作王永裕的輜重兵上校成爲他的左右手，儘管語言不通，王上校仍舊十分認眞執行日本教官的指揮。岡村寧次也十分重視白團在台灣的行動，三令五申白團成員不可直接買賣車輛，一切進口台灣的車輛必須符合規格，不可循私。

　　擔任車輛動員委員會主任的是徐思賢少將，十分配合日本教官的要求。

## 大橋策郎的工作

　　**大橋策郎**　畢業於陸士44期野砲兵科，1935年又從砲工學校高等科畢業，1936年他又在東京帝大工學部當額外學生，1939年東大工科畢業後，在大阪陸軍兵工廠工作，1941年升爲少校。1943年他是陸軍省戰備課課員、軍需部事務官，1945年升至上校。戰後，1945年11月第一批被臨時徵召爲第一復員省總務局的局員。

　　大橋化名喬本，在台期間主要任務是負責研究及編寫教材，提供聯勤總部、國防部計劃局、軍需工業動員班的上課用；後來他又在高級兵學班授課，時常向參大校長蔣緯國提交各種報告。

　　蔣介石首先下令他編寫反攻大陸計劃，由本鄉健主持這個任務。

## 喬本教官在台期間研究作業一覽

| 順序 | 完成期間 | 題目 | 對象 |
|---|---|---|---|
| 1 | 1952. 9.28 | 論台灣的產業及資源 | 教官 |
| 2 | 1953. 2 | 國家總動員及軍需工業動員講義 | 動幹班 |
| 3 | 3.17 | 從匪區鋼鐵供應力及兵工設備以觀察檢討陸軍軍需整備力 | 教官 |
| 4 | 4.10 | 論美軍戰車 | 教官 |
| 5 | 7. 7 | 台灣的產業經濟 | 國防部 |
| 6 | 1954. 6. 5 | 從聯勤軍需整備來看台灣工業的概況及對策 | 聯勤總部 |
| 7 | 1956. 8 | 年度軍需工業動員計劃策定要領 | 國防計劃局 |
| 8 | 3. 8 | 軍需工業動員幹部實設演習預定 | 動員班 |
| 13 | 1957.10.19 | 軍需工業發展史（日本的汽車工業） | 動員班 |
| 14 | 10.29 | 日本再軍備及國防計劃 | 國防計劃局 |
| 15 | 11.26 | 戰爭準備論 | 軍士動員班 |
| 17 | 1958.10. 3 | 工業動員論 | 軍士動員班 |
| 19 | 1961. 8.16 | 日本航空工業發展 | 軍士動員班 |
| 21 | 1963. 9.20 | 日本汽車工業補充 | 軍士動員班 |
| 22 | 1963. 9 | 日本國力動員的觀察 | 國防計劃局 |
| 23 | 1963 | 日本機關槍的裝備 | 教官 |
| 24 | 1963 | 衝鋒槍的變遷 | 教官 |

| 25 | 1963 | 裝甲彈藥解說 | 教官 |
|---|---|---|---|
| 29 | 1964 | 美國核子戰力的實體 | 教官 |
| 30 | 1964 | 論突擊阻止力 | 教官 |
| 34 | 1964.10 | 戰車發展史（日本） | 教官、參大 |
| 35 | 1964.10 | 戰車發展史（德國） | 教官、參大 |
| 40 | 1965. 1 | 核子戰備 | 高級兵學班 |
| 41 | 1965. 1 | 中共核武發展的觀察 | 高級兵學班 |
| 43 | 1965. 4. 7 | 關於陸軍供應司令部對民營工場調查的說明大綱 | 陸供部 |
| 46 | 1965.11 | 日本在大東亞戰爭時的戰爭指導 | 國防計劃局 |
| 47 | 1965.11 | 國家總動員概論 | 物力動員班 |
| 52 | 1966.10 | 中共重工業力量的評估 | 陸總部、參大 |
| 59 | 1967. 8 | 關於李耀生所提供的匪軍編制裝備情報收集的建議 | 蔣緯國 |
| 62 | 1968 | 匪我步兵火力的研究 | 參大 |
| 70 | 1968. 9 | 1968年中期中共核武的觀察 | 蔣緯國 |

　　當時大橋的研究報告及教材一律列為最機密，他針對中共可能進攻台灣西岸，而東海岸有中央山脈為掩護，海又十分深，可利用這個優勢，再發展東部的產業。大橋說，最近台灣的「佳山計劃」也就是一個最好的佐證了。

## 重整聯勤總部

蔣軍敗退台灣之際，聯勤總部被安置在台北的一個舊日軍山砲大隊的營地，簡直五臟不全。但是，它又要供應陸、海、空三軍的各種彈藥和補給。

蔣介石的三軍一向各自為政，海軍、空軍和陸軍有各自的供應司令部，互不統屬，更別提互相支援了。總之，蔣軍敗給人民解放軍，除了士氣、民心之外，最大的問題就在後方補給的不足，毫無統籌機構；而且，蔣介石的將領更是擁兵自重，寧可坐視友軍被殲滅也不肯主動出擊或馳援。

當時最急迫要整頓的是負責兵器生產的兵工署；此外，白團又一一重整了聯勤的工程署、通信署、運輸署、財務署及經理署，使聯勤作業逐漸上軌道。

接著，白團又同時著手整頓陸軍供應司令部，而把原來的通信署、工兵署、運輸署和經理署劃入陸供部，聯勤總部只剩下生產方面的生產署、財務署和留守業務署。

當時的陸軍總司令**黃鎮球**對復興省總動員演習的印象十分深刻，一再要求白團為陸軍舉行動員演習。白團派3個人去作軍需動員，他們發現軍隊的生產能力比不上民間企業。白團建議陸總部必須先行考察兵工廠及其他重要生產設備，才能進行動員演習。不過，言者諄諄，聽者渺渺，不了了之。

## 軍需動員演習

1953年5月，軍需動員演習終於展開，不過是室內演習。日本教官指出，根本無力實際演習的，不過是循日本每年的「年度軍需動員」操演而已。

直到1954年6月，才來一次真正的軍需工業動員演習。這一次也把台北的大同公司納入動員演習的對象。

1956年10月，又舉行一次實際演習，按照日本的年度動員計劃，前兩次算是擴充生產的演習，這次則是開戰前的備戰動員演習。儘管聯勤總部擔任此次大任，但國防部方面卻完全沒什麼配合，白團終於說服了國防部物資司參加動員演習，再促成他們舉行了開源演習。

## 開源演習

1957年5月，國防部終於舉行了開源節流的「開源演習」。

這次儘管有一部份在室內舉行，但也把大型船舶動員，從世界各地徵調它們參加。這次演習的主要目的是反攻大陸，而非守勢；因此，各種機動帆船和小型船隻都被徵調，負責從高雄、花蓮、羅東及基隆各港口及各地小港口運輸軍隊。

此外，軍隊的住宿，必須徵用學校、倉庫，也在此次演習中

負責「動員教育」的大橋策郎
（陸士44期）

──檢證。

## 自強演習

　　1959年4月，鑒於前年八‧二三金門砲戰的經驗，國防部又舉行自強演習。不久，陸軍供應司令部也舉行了豐原演習。

　　總之，白團終於使台灣的軍需動員上了軌道，而台灣軍民從此也就在這個動員體制下，完全被蔣介石父子一手控制了。

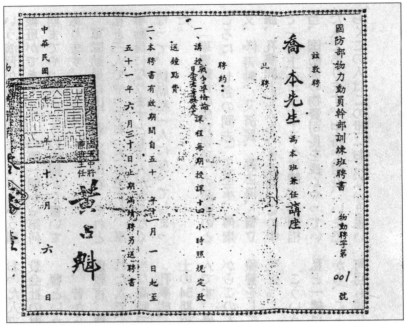

國防部委任喬本（大橋策郎）的聘書

## 物力動員幹部訓練

　　為了培養動員幹部，白團必須先訓練一批國府軍中的動員幹部。1962年1月起的國防部物力動員幹訓班由後勤參謀次長黃佔魁中將主持；至1968年3月，一共9次，最初白團使用軍法學校，後來再改用陸軍補給管理學校教室。

　　大橋策郎一方面訓練動員幹部，也忙著編寫教材，提出研究

報告，尤其針對武器的更新及各國實力，包括中共的武器研發，都有深入的分析。

　　當時國府軍所擁有的仍舊是二次世界大戰時代的裝備。日本的自衛隊已經使用64式槍，而台灣還指望美國把M-14槍的技術轉移過來，大橋向蔣緯國力爭，不可浪費時間去爭取這種已經落伍的武器。大橋計劃回日本接洽豐和工業（因為它和美國合作開發AR18型槍），可惜日本政府不准技術轉移外國，台灣終究把美國的M-14槍技術爭取過來。

　　蔣緯國相當重視兵器的研發，收集越南戰場上各種美、蘇及中共武器，但是台灣方面終究無法突破美國的掣肘。

## 聯勤總部動員設計委員會

　　台灣人一向怕大陸兵，民間企業對軍方採購十分畏懼，尤其是軍需品方面，更是不敢去碰。然而，台灣人在戰爭期間，曾經協助日本海、陸軍，日本教官也只憑這種情勢，逐漸把台灣民間企業納入軍需供應的一環。

　　1962年10月為止，八年內聯勤總部動員設計委員會發揮了和民間企業合作的作用。

## 國家總動員委員會

　　1955年～1967年，國防會議下的國防計劃局，也是白團的主要成果之一。這是協調軍事及經濟為國防計劃的一環，第一任局長是蕭肅毅，召集了國防部、內政部、財政部、經濟部、交通部各部門人材會議，鈕先銘當時擔任總務工作，負責和日本人聯絡協調。

　　後來，這個機構改為國家安全會議下的國家總動員委員會，蔣緯國將軍是國安會秘書長，他的大哥蔣經國是總動員委員會的主任；副主任是馬紀壯和唐守治，以及蕭肅毅。

　　每次會議上，白團團長富田直亮都會列席，大橋策郎的報告也都由包滄瀾少將翻譯，因為其他人都不行。

## 軍需工業動員班

　　1958年6月28日至1959年3月，白團一共訓練三期的軍需工業動員班（169人）。另外，國防部常務次長蔣堅忍也主持了1961年7～8月間的兩梯次軍需動員班訓練，行政院各相關部會、省政府及民間企業幹部，都被徵調受訓。

　　大橋策郎指出，他說1954年到1961年間，先後協助調查台灣軍需工廠20家、公營公司12家及民營公司30家，對軍需工業動員

的準備起了一定的作用。

## 戒嚴體制下的動員

　　日本教官對當時蔣介石以戒嚴體制統治台灣的實情，似乎不太理解。他們所建立的動員制度，都受蔣介石的採納。然而，蔣介石更大的本錢是特務控制，台灣軍民在漫漫38年的戒嚴黑夜下，喘不過氣，動輒被特務扣上「匪諜」的紅帽子，送上刑場，丟進黑牢，關到隔絕世外的火燒島。

　　在這樣的恐怖統治下，實施動員制度也就順水推舟地進行了。台灣人在動員體制下，人力、物力完全被外來政權隨時動員，納稅、納糧之外，更要納血稅——當2～3年的中華民國士兵，為蔣家父子白流血汗。

　　日本教官在回憶昔日建立動員體制，不忘那些大陸軍官的情誼之際，幾乎忘記了台灣人被動員體制壓得喘不過氣的事實，畢竟他們是舊軍人，只知道向蔣介石報恩，而不知這種報恩是建立在台灣被壓迫人民的血淚上面的。

# 第6章
## 白團鞏固了蔣介石政權

## 台灣老早就習慣動員體制

白團最大的功勞是訓練蔣介石的軍官，建立兵役制度，以及設立台灣的總動員體制。然而，他們忘了，台灣人老早就習慣動員體制了。

早在1937年7月以後，即中日戰爭爆發後，日本就改變對台灣的統治策略，派遣海軍大將小林躋造取代文官總督中村健藏，開始屬行所謂「戰時體制」了，此後的長谷川清，安藤利吉等三任台灣總督，都是軍人。

依照國策，台灣人被動員農業生產、人力、財力、擴大軍需工業，以及在精神上的皇民化運動等等，都是小林總督所示的「工業化、皇民化、南進」三大政策的推展。

不論白團如何在台灣從頭做起，無中生有地動員台灣人，也不過承襲了日本總督府那一套動員體制，尤其是對老早習慣被動員的台灣人而言、精神上甚於物質上被動員的戰備狀態，是不可忽視的基礎。

## 動員體制下的台灣人

台灣人在1940年代已經被皇民化、國民精神總動員化了，白團來台灣，把日本的戰時體制改換為反共體制，換湯不換藥，輕

易地再度征服了台灣人。把「日本人」改爲「中國人」是蔣介石父子的霸道，白團的動員體制正符合蔣父子的狼子野心。

從精神上的日本人轉換爲中國人，不過是皇民化的翻版。台灣人在1930～40年代幾乎將要建立起來的自主性，即透過現代化而思考台灣前途及建立台灣自主文化的歷程，也被戰爭及皇民化摧毀殆盡，戰後在毫無招架之力，又飽受二二八及藍色恐怖時代的驚嚇，一下子就墜入中國化的深淵，至今不可自拔。

國語由日語改爲漢語，天皇改爲蔣總統，動員照舊，蔣政權順理成章地壓制了台灣人的精神。

作爲外籍兵團的白團成員，以報答蔣介石以德報怨的感恩之心，不必考慮台灣人的感受，替蔣政權苦心規劃動員體制，迫使台灣人從小孩到老人都備受動員體制的壓迫。

百年來台灣一直在外來政權的佔領下，人人害怕警察及軍隊，不服從動員令的結果如何，可想而知，久而久之，台灣人也就習慣被動員，而不去思考爲誰而被動員了。

## 從皇軍到黨軍

中國至今從未有屬於國家的正規軍，蔣介石的「國軍」是中國國民黨的黨軍；中共的人民解放軍是中國共產黨的黨軍，兩黨都是前蘇聯共產黨的紅軍翻版。

台灣人在清朝時代不准當兵，因爲滿清統治者防範台灣兵

「造反」。日本人為了動員台灣人當砲灰，勉強在1940年代讓台灣人當志願軍及軍伕，也不放心，但是台灣人卻在精神上自認為是皇軍——天皇的軍隊。

蔣介石把六十萬敗兵帶到台灣，重新整編，依靠的是白團的訓練。然而，這些「老芋仔」終究必須淘汰，換上台灣兵。台灣兵的素質如何？岩坪博秀微笑地回答筆者說，當然比中國兵還能夠吃苦耐勞，更容易接受訓練。

白團打從心底明白，台灣人不是中國人，台灣人從二二八以來和中國人的矛盾對立，但他們卻為蔣介石訓練台灣人作為反共尖兵，無非是為了報答蔣介石的不殺之恩。

台灣軍為誰而戰？不是為了保衛台灣，而是為了保衛蔣介石政權，更淪為美蘇冷戰體制下的犧牲品。結果，台灣兵從保衛日本帝國變成保衛中華民國。

為了防範台灣兵反抗，白團的軍事訓練還不夠，蔣介石又縱容他的兒子蔣經國以蘇聯KGB式的政治工作人員（政工）來監視台灣兵，這一點難道白團的人會不明白？

幸好沒有爆發反攻戰爭，否則台灣兵的命運可想而知。然而，八二三砲戰以來，台灣兵真正取代了國府軍，捍衛了蔣政權，白團的功勞就是鞏固了蔣政權，犧牲了台灣兵。

## 反共體制

　　白團把戰時體制改換成反共體制，全面控制了台灣社會資源。反共下的戒嚴體制可以把台灣的物質完全被蔣介石流亡政權任意處分，至今台灣重要資源仍舊掌握在國民黨的一黨手裡。

　　國民黨竊佔台灣，剝削台灣人的勞動血汗來眷養號稱二百萬的中國人，白團的功勞最大。從腳踏車到飛機、汽車，從個人的民生物資到國家資源，隨時都可以被政府（外來政權）動員，這一綿密的天羅地網，那裡是上海流氓想的出來？

　　動員加上戡亂，蔣父子比古代中國帝王還有權勢，任何人、任何物資都可以借動員來滿足其私慾，日本天皇那堪比擬？

　　「天皇陛下萬歲」改爲「蔣總統萬歲」，簡直順理成章，毫無疑問。大日本帝國反共，中華民國更加反共，台灣人豈不反共？

　　反共的蔣介石不懂動員，結果被共產黨打得逃到台灣，幸好白團救了他，白團的動員體制無異爲蔣介石打了一劑強心針。上海流氓有了法西斯動員體制，更加橫行霸道。

## 從奉公到奉蔣

　　日本人動員台灣人爲皇國奉公，白團動員台灣人爲蔣介石政

權奉公。普天之下，莫非王土，台灣是蔣介石的禁臠，台灣人是蔣政權的奴隸，一切奉公都爲了「蔣公」。

如果台灣人的GNP把被蔣政權強奪的部份，分給全體台灣人，如今台灣的成就又當如何？所謂「中華民國的奇蹟」就是蔣父子在白團的動員體制下掠奪台灣人血汗的奇蹟。

亞洲排名在前的軍事預算，一支五六十萬人的軍隊，加上黨政、特務及特權，像白蟻那樣腐蝕了台灣的資源，榨光了台灣人的勞動成果，台灣還能躋身已開發國家。如果沒有這些剝削與浪費，台灣的國際地位老早就舉世共睹了。

台灣人被動員奉公，淪爲養豬戶，非但血本無歸，更加造成精神上的殘害。

## 人才或奴才？

白團苦心地培訓蔣介石的軍官及行政人員，奈何時不我與，蔣介石不反攻，只在台灣反共、反台灣人，一批批的人才無用武之地，只能用來壓制台灣人。

白團訓練出來第一名的軍官是台灣人，結果楊鴻儒先生成爲綠島的囚犯。敗軍之將卻鍍了金，成爲五十年來台灣的軍事將領。到頭來，蔣介石的軍官例如**郝柏村**之流公然揚言絕不保衛台灣，只捍衛中國。

台灣人的行政人員至多不過地方基層，除非他是奴才，否則

不可能擠進蔣政權的統治核心。

　　太平盛世下，文恬武嬉，文武百官競相與民爭利。軍備採購發案叢生，公務員貪贓枉法，加上特務橫行，這一批批由白團訓練出來的人材，根本就是蔣政權的奴才，試問白團的日本教官，你們情何以堪？

## 影子兵團淪為壓迫工具

　　白團對蔣介石父子的功勞無法評估，但對台灣人卻是莫大的災難。白團成員也許無心傷害台灣人，但他們的作為終究殘害了台灣人。

　　至今台灣的資源仍被中國國民黨竊佔，台灣兵為保衛中華民國而戰；白團對蔣介石的報恩之旅，相對地成為對台灣人的殘殺之道。

　　歷史不會遺忘這一支影子兵團，他們是日本人，卻不自覺地淪為蔣介石父子壓制台灣人的工具，堂堂大日本帝國的軍官，垂垂老矣。重翻這段過往陳事，也許他們還在懷念蔣介石的恩德，但我們台灣人卻永遠不能遺忘這段血淚的屈辱。

　　至今白團已凋零，但他們不自覺地背負這段對台灣人的恩怨情仇，終究要在歷史的舞台攤開，留待後人去深思。

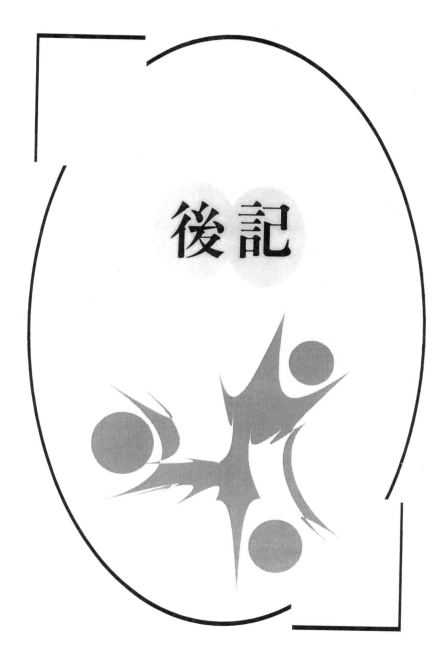

後記

作者（左一）、岩坪博秀（右三）、旅日作家黃文雄（右一）

筆者在1999年6月24日，承蒙拓植大學近現代研究中心教授黃文雄先生引介，得以拜會了白團僅存的岩坪博秀、春山善良、井上正規、細木重辰等先生。

再由明治大學大學院博士班的江旭本先生的協助錄影，才能順利完成訪談的全程錄影。

白團諸先生還是關心台灣的未來發展，也不忘垂詢他們教過的學生近況。往事已矣，如今掀開影子兵團的真實面貌，宛如隔世。筆者不在譴責白團為蔣介石的幫兇，只是要釐清這一段鮮為人知的歷史；同時讓幾十年來一直被蒙在鼓裡的台灣人知道，至

今我們乃舊活在動員體制的陰影下，真正阻礙台灣發展的，就是百年來的外來政權。

1999. 11. 22

# 白團活動年表

| 1949 | 1.21 | 蔣介石下野 |
|---|---|---|
| | 1.26 | **岡村寧次判無罪** |
| | 5.20 | 台灣省實施戒嚴 |
| | 5.25 | 曹士澂赴日本 |
| | 6.10 | **根本博偷渡至台灣** |
| | 7.13 | 曹士澂至台南向蔣介石報告白團工作進度 |
| | 9.10 | **白團誓盟成立** 　根本博隨湯恩伯至舟山、廈門、金門一帶作戰 |
| | 10. 1 | 中華人民共和國成立 |
| | 10.25 | 古寧頭戰役 |
| | 11. 1 | 富田直亮等赴台北 |
| | 11.16 | 富田等飛重慶參戰（～28） |
| | 11.28 | 富田回台北，開始籌組圓山軍官訓練班 |
| | 12. 7 | 國民政府流亡台北 |
| | 12.10 | 蔣介石由成都飛返台北（11.23～　） |
| 1950 | 1. 6 | **白團第一批成員在北投集合** |
| | 2. 1 | **圓山軍官訓練班成立**，彭孟緝為教育長 |
| | 3. 1 | 蔣介石自行復位 |
| | 3.10 | 岡村寧次被GHQ召喚問話 |
| | 3月中旬 | 白鴻亮向蔣介石簡報分析中共犯台的可能性 |
| | 4. 6 | 公佈修正〈懲治叛亂條例〉 |

| | 5. 2 | 蔣軍撤出海南島 |
|---|---|---|
| | 5.16 | 蔣軍撤出舟山群島。蔣介石提出「一年準備，兩年反攻，三年掃蕩，五年成功」口號 |
| | 5.22 | 圓山軍官訓練班第1期入學 |
| | 6. 6 | 改爲圓山軍官訓練團，蔣介石自兼團長 |
| | 6.13 | 公佈〈戡亂時期檢肅匪諜條例〉 |
| | 6.23 | **韓戰爆發** |
| | 6.27 | 杜魯門宣佈〈台灣中立化宣言〉，下令第7艦隊巡弋台海 |
| | 7.10 | 學員班第2期入學 |
| | 7.31 | 麥克阿瑟元帥訪台 |
| | 8. 4 | 美第13航空隊駐台灣 |
| | 9. 6 | 學員班第3期入學 |
| | 10.25 | **中共介入韓戰** |
| | 11.15 | 學員班第4期入學 |
| 1951 | 1.11 | 學員班第5期入學 |
| | 1月 | 湖口第32師第1期入伍受訓（～6.20） |
| | 2. 7 | 學員班第7期入學 |
| | 4. 9 | 高級班第1期入學 |
| | 4.22 | **首批美軍顧問團抵台** |
| | 7. 1 | 政士幹校成立於北投復興岡 |

| | | |
|---|---|---|
| | 7.25 | **台灣第一次徵兵入伍**（15,000人） |
| | 8.13 | 高級班第2期入學 |
| | 8.21 | 空軍副司令毛邦初失職抗命，予以免職 |
| | 9. 3 | 學員班第8期入學 |
| | 9. 8 | 舊金山對日和約簽訂 |
| | 10.18 | 國府公佈〈反共抗俄戰士授田證〉 |
| | 10.20 | 學員班第9期入學 |
| | 12. 1 | 日本在外事務所長木村四郎七抵台履任 |
| | 12月 | 湖口32師第2梯次完成訓練 |
| | 12.17 | 學員班第10期入學 |
| | 12.31 | 白團第一梯次有人回國 |
| 1952 | 2. 1 | UN大會通過台灣所提出的「控訴蘇聯侵略中國案」 |
| | 2月 | 台灣舉行復興省動員演習 |
| | 2.25 | 高級班第3期入學 |
| | 3.18 | 台灣防空演習 |
| | 3.29 | 蔣介石號召成立中國青年反共救國團 |
| | 4.28 | **中日和約簽字**（台北） |
| | 6.12 | 省府決定換發新的身份證 |
| | 6.25 | 根本博返回日本 |
| | 7.29 | 中日文化經濟協會成立 |
| | 7.31 | **圓山軍官訓練團結束　湖口32師完成訓練** |

| | | |
|---|---|---|
| | | 白團成員減至36人 |
| | 8. 1 | 石牌實踐學社成立 |
| | 8. 9 | 日本首任駐台大使芳澤謙吉履任 |
| | 8.19 | 國防部動員幹部訓練班成立 |
| | 10.10 | 國府軍反攻南日島 |
| | 10.27 | 動幹部第1期入學 |
| | 10.31 | 蔣經國就任救國團主任 |
| | 12.29 | 聯戰班第1期入學 |
| 1953 | 1. 1 | 蔣介石全力推動反共抗俄的「軍事第一，反共第一」政策 |
| | 2. 2 | 艾森豪解除台灣中立化宣言 |
| | 4.10 | 省主席吳國楨下台，6月赴美 |
| | 6月 | 聯勤總部軍需動員演習 |
| | 7.17 | 國府軍突襲東山島慘敗 |
| | 7.27 | 韓戰停戰 |
| | 12.31 | 白團成員減至18人 |
| 1954 | 2. 6 | 白團提出「光作戰」計劃 |
| | 2月 | 國防部春季動員演習 |
| | 5月 | 蔣介石、陳誠當選正副總統 |
| | 6.25 | 海軍保護蘇聯油輪陶甫斯號 |
| | 7.16 | 光復大陸設計委員會成立（陳誠主任） |
| | 8.20 | **孫立人案** |

| | 9. 3 | 共軍砲擊金門 |
|---|---|---|
| | 11.10 | 西浦進、高田利種等人訪台 |
| | 11.14 | 太平艦在大陳島附近被中共擊沈 |
| | 12. 3 | **〈中美共同防禦條約〉簽字** |
| 1955 | 1.10 | 共軍攻擊大陳島 |
| | 1.21 | 共軍佔一江山島 |
| | 1.29 | 美國國會通過艾森豪所提的〈台灣決議案〉 |
| | 2. 8 | 公佈役男出境管理辦法 |
| | | 蔣軍撤離大陳島 |
| | 4. 4 | 聯戰班第3期入學 |
| | 4.18 | 萬隆會議，周恩來重提國共第三次合作 |
| | 5月 | 國防計劃局成立 |
| | 7. 1 | 彭孟緝就任參謀總長 |
| | 8.20 | 孫立人被軟禁 |
| | 9.19 | 聯戰班第4期入學 |
| | 10.24 | 公佈〈台灣省戒嚴時期取締流氓辦法〉 |
| | 12月 | 廖文毅在東京自任台灣共和國臨時政府大統領 |
| 1956 | 1. 9 | 美國協助台灣成立9個陸軍預備師 |
| | 1.25 | 毛澤東發動百花齊放、百家爭鳴運動 |
| | 3.22 | 選拔實踐學社11名研究員為教官 |

| | 4.13 | 立法院通過《三軍軍官任用條例》 |
|---|---|---|
| | 4.21 | 聯戰班第5期入學 |
| | 6.22 | 立法院通過《軍事審判法》 |
| | 7. 7 | 美國副總統尼克森訪台 |
| | 7.21 | 馬祖空戰 |
| | 7.22 | 日本軍事訪問團永町空軍准將訪台 |
| | 7.26 | 第2次中東戰爭 |
| | 10月 | 聯勤總部軍需動員演習 |
| | 11.10 | 台灣向日本三菱訂購的魚雷艇第1號下水 |
| | 12. 1 | 蔣介石《蘇俄在中國》發表 |
| 1957 | 3. 5 | 聯戰班第6期入學 |
| | 4月 | 海軍海光演習 |
| | 5.24 | **台北反美暴動**（劉自然事件） |
| | 6. 1 | 蔣經國創設行政院退役軍人輔導會 |
| | 6月 | 國防部開源演習 |
| | 7. 7 | 彭孟緝任陸軍總司令 |
| | 8. 1 | 《自由中國》社論開始批評反攻大陸政策 |
| | 8. 6 | 台海進入緊張狀態 |
| | 8.24 | 台海空戰 |
| | 9.27 | 動幹班高級班第1期入學 |
| | 10. 4 | 蘇聯發射人造衛星Spotkin成功 |
| | 11.18 | 日本防衛大學校長槇智雄訪台 |

| | | |
|---|---|---|
| | | 毛澤東在莫斯科發表「東風壓倒西風」及「美國帝國主義是紙老虎」的主張 |
| 1958 | 3. 1 | 戰史研究班第1期入學 |
| | 5.10 | 長崎國旗事件，台灣對日斷交 |
| | 5.15 | 台灣警備總司令部成立（黃鎮球） |
| | 8.23 | **金門砲戰** |
| | 8.25 | 白團團長視察金門 |
| | 9.15 | 美國聲明保衛台灣 |
| | 10. 5 | 中國國防部長彭德懷宣佈停火7天 |
| | 10.21 | 杜勒斯抵台 |
| | 10.23 | 中美聯合公報發表 |
| | 11.27 | 陳誠宣佈決不與中共和談 |
| 1959 | 2. 1 | 白團視察金門 |
| | 2.25 | 土居明夫、服部卓四郎等來台演講 |
| | 3. 1 | 聯戰班第8期入學 |
| | 3.10 | 西藏反中國動亂，達賴14世流亡印度 |
| | 3.31 | 國防部動員幹部訓練班結束 |
| | 4月 | 國防部舉行自強演習 |
| | 5.29 | 蝙蝠中隊B17偵察機在中國上空被擊落 |
| | 6.15 | 科訓班第1期入學 |
| | 6.29 | 彭孟緝再出任參謀總長 |
| | 7. 5 | 馬祖空戰 |

| | 8. 7 | 中南部**八七水災** |
|---|---|---|
| | 9. 2 | 《公論報》停刊 |
| | 9.15 | 蘇聯赫魯雪夫訪美 |
| | 9月下旬 | 下村、野村大將等訪台 |
| | 11. 8 | 白團來台十周年紀念 |
| | 12.27 | 吉田茂訪台 |
| 1960 | 1.12 | 富田直亮升爲上將待遇 |
| | 2.22 | 聯戰班第9期入學 |
| | 5.20 | 蔣介石連任第3任總統 |
| | 6.18 | 美國總統艾森豪訪台 |
| | 8.22 | 國防部公佈〈戡亂時期台灣地區入出境辦法〉 |
| | 9. 4 | 《**自由中國**》雷震被捕 |
| | 10.12 | 美國參議員約翰甘迺迪主張台灣撤出金門馬祖 |
| | 11. 8 | 甘迺迪當選爲美國總統 |
| 1961 | 1.14 | 川島正次郎等日本國會議員訪台 |
| | 2.21 | 聯戰班第10期入學 |
| | | 科訓班第2期入學 |
| | 3.21 | 李彌部隊從泰緬邊境一部份返台 |
| | 5.13 | 淡水發射火箭 |
| | 5.15 | 戰史研究班第3期入學，改稱爲兵學研究班 |

| | 6.17 | **岡村寧次、小笠原清訪台** |
|---|---|---|
| | 7.29 | 陳誠副總統訪美 |
| | 8. 1 | 日本前首相岸信介訪台 |
| | 8. 2 | 白團視察金門 |
| | 8.13 | 東德建立柏林圍牆 |
| | 9.15 | 邵希彥、高佑宗駕機至韓國投誠 |
| 1962 | 1月 | 國防部物力動員訓練班開訓 |
| | 1.20 | 白團視察澎湖 |
| | 2.26 | 聯戰班第11期入學 |
| | 3. 1 | 警備總部發動「反共自覺運動」 |
| | 4.30 | 公佈《**臨時國防特別捐徵收條例**》 |
| | 5月 | 政工幹校設置戰地政務班 |
| | | 蔣軍送游擊隊至大陸各地 |
| | 8月 | 甘迺迪就台灣對中國的軍事行動提出警告 |
| | 9. 9 | 美國U-2偵察機被中共擊落 |
| | 9.10 | 科訓班第3期入學 |
| | 10.16 | 台灣戶口總檢查 |
| | 11.12 | 日本統幕學校校長田中義勇訪台 |
| | 12.31 | 白團在台只剩下15人 |
| 1963 | 2.23 | 第3次台美天兵演習 |
| | | 聯戰班第12期入學 |
| | 2.25 | 兵學研究班第5期入學 |

| | 4.22 | 高級兵學班第1期入學 |
| --- | --- | --- |
| | 5. 1 | 總統府秘書長張群訪問日本 |
| | 7. 1 | 美援開始削減 |
| | | 停徵國防臨時捐 |
| | 7.26 | 本鄉副團長視察金門 |
| | 8. 1 | 山本副團長視察馬祖 |
| | 8.19 | 高級兵學班第2期入學 |
| | 9. 4 | 台灣抗議日本（池田勇人首相）對中國的經濟交流 |
| | 9.11 | 台北市葛樂禮颱風造成水災 |
| | 9.21 | 蔣介石駁斥池田首相對國府光復大陸之能力表示懷疑的談話 |
| | 10. 7 | 中共代表團員**周鴻慶事件** |
| | 11. 1 | 黑貓中隊U-2偵察機被中共擊落 |
| | 11.22 | 甘迺迪被暗殺 |
| | 12. 2 | 高級兵學班第3期入學 |
| | 12. 4 | 陳誠辭行政院長職，嚴家淦組閣 |
| | 12.30 | 台灣召回駐日大使及高級館員 |
| 1964 | 1. 9 | 台、日因周鴻慶事件而關係惡化 |
| | 1.11 | 彭孟緝暗示白團將全部返日 |
| | 1.20 | 台灣停止上演日本電影 |
| | 1.21 | 湖口裝甲兵趙之華兵變失敗 |

| | | |
|---|---|---|
| | 2.23 | 吉田茂以特使身份訪台 |
| | 3.21 | 戰術教育班第1期入學 |
| | 4. 1 | 高級兵學班第4期入學 |
| | 6.10 | 國府軍突襲東山島失敗 |
| | 7. 1 | 台灣軍管區成立（陳大慶司令） |
| | 7. 3 | 日本外相大平正芳訪台 |
| | 8. 2 | 美越東京灣事件 |
| | 9. 5 | 小笠原清、陳昭凱來台談判 |
| | 10.16 | 中共第一次核爆成功 |
| | 11.18 | 白團教官10名解聘 |
| | 11.31 | 白團只剩富田團長及岩坪、大橋、系賀、立山等5人留在台灣 |
| 1965 | 1.10 | 黑貓中隊U-2飛機在包頭被擊落 |
| | 1.13 | **蔣經國出任國防部長** |
| | 2. 7 | 美國開始轟炸北越 |
| | 2月 | 白團團員視察陸軍作戰發展司令部 |
| | 3. 1 | 戰術教育班第3期入學 |
| | 3. 5 | 陳誠去世（1898～） |
| | 4. 5 | 高級兵學班第6期入學 |
| | 4.26 | 日本貸款台灣15,000萬美元 |
| | 5.14 | 廖文毅回台投降 |
| | 6.30 | 美停止經援台灣 |

| | 7.26 | 埃及納瑟宣佈蘇伊士運河國有化 |
|---|---|---|
| | 8.18 | 國民政府暗示要出兵越南 |
| | 8.31 | 實踐學社結束 |
| | 9. 1 | 白團編入實踐小組，以蔣緯國為聯絡人 |
| | 9.30 | 印尼蘇哈托反共政變 |
| | 11. 2 | 陸軍參謀大學教官特訓班開學 |
| 1966 | 2.12 | 公佈修正〈動員戡亂時期臨時條款〉 |
| | 2.15 | 韓國朴正熙總統訪台 |
| | 2.21 | 白團視察陸軍運輸學校 |
| | 2.28 | 白團視察陸軍步兵學校 |
| | 3. 1 | 白團視察陸軍砲兵學校 |
| | 3.21 | 白團視察陸軍工兵學校 |
| | 3.21 | 蔣介石第4次連任 |
| | 5.27 | 嚴家淦副總統組閣 |
| | 6月 | **毛澤東發動文化大革命** |
| | 7. 3 | 美國國務卿魯斯克訪台 |
| | 9. 2 | **岡村寧次大將去世** |
| | 9. 4 | 中國紅衛兵武鬥激烈化 |
| | 9. 5 | 白鴻亮返國參加岡村葬禮 |
| | 9.20 | 日本海上自衛隊實習艦隊水谷司令訪台 |
| | 12. 5 | 陸軍參謀大學戰術推演指導班第1期入學 |
| 1967 | 1.30 | 陸參大戰術班第2期入學 |

| | | |
|---|---|---|
| | 2. 1 | 國家安全會議成立（黃少谷秘書長） |
| | | 國防計劃局改制爲**國家動員委員會** |
| | 2.19 | 蔣緯國訪日 |
| | 3.27 | 陸參大戰術班第3期入學 |
| | 3.29 | 蔣介石號召成立討毛救國反共陣線 |
| | 5. 6 | 嚴家淦訪問美、日 |
| | 5.28 | 陸參大戰術班第4期入學 |
| | 7.24 | 陸參大戰術班第5期入學 |
| | 9. 7 | 日本首相佐藤榮作訪台 |
| | 9. 8 | 中共又擊落一架U-2飛機 |
| | 9.13 | 白團視察馬公 |
| | 10. 2 | 白團視察屏東潮州演習 |
| | 11. 1 | 白團視察屏東空降師，新化第27師 |
| | 11. 2 | 白團視察台南第9新兵訓練中心 |
| | 11. 3 | 白團視察台中作戰訓練發展部 |
| | 11. 4 | 白團視察鯉魚潭特種部隊演習實況，並視察龍潭特戰學校 |
| | 11. 5 | 白團視察楊梅第33師 |
| | 11. 6 | 陸參大教官專訓班開課 |
| | 11.27 | 蔣經國訪日 |
| 1968 | 1. 9 | 阿拉伯石油輸出國組織(OAPEC)成立 |
| | 2. 5 | 陸參大戰術班第6期入學 |

| | | |
|---|---|---|
| | 3. 1 | 台美軍事演習 |
| | 4. 1 | 陸參大裁判師資班第1期開課 |
| | 4. 4 | 美國黑人民權運動領袖金恩遇射身亡 |
| | 5. 4 | 法國巴黎學潮 |
| | 5.13 | 美、北越開始和平談判 |
| | 8. 5 | 陸參大戰術班第7期入學 |
| | 8.31 | 白團解散的動向確定 |
| | 9. 1 | 台灣推行9年義務教育 |
| | | 軍校組織改組： |
| | | 三軍聯合大學校長余伯泉上將 |
| | | 副校長蔣緯國中將（兼戰爭學院院長） |
| | | 陸軍學院院長　盧福寧中將 |
| | 10.13 | 中共主席劉少奇下台 |
| | 10.21 | 陸軍學院戰術班第8期入學 |
| | 11. 1 | 美國停止轟炸北越 |
| | 11. 6 | 尼克森當選為美國總統 |
| | 11. 8 | 日本陸軍自衛隊幹部學校校長梅澤訪台 |
| | 12.29 | **蔣介石歡送白團** |
| | 12.31 | 除富田直亮以外，其餘4名白團成員解聘，實踐小組解散，成立實踐專案 |
| 1969 | 1. 9 | 白團在陸軍總部接受授勳儀式 |
| | 1.11 | 白團視察聯勤軍車廠 |

| | 1.13 | 白團視察陸軍通信學校 |
|---|---|---|
| | 1.13 | 白團全體回國 |
| | 2. 1 | 白團在東京解散 |
| | 2.13 | 彭孟緝任駐日大使 |

## 〔年表參考〕

大橋策郎〈到着から解散まで白団年表〉1983.8.10〔引自《白団物語》〕1993年11月號～12月號

楊碧川《台灣現代史年表》〔一橋〕1996年版

## 〔參考書目〕

《白団物語》 〔偕行社〕1992～1994年

中村祐稅《白団》 〔芙蓉書房〕1995年

林照眞《覆面部隊》 〔時報〕1996年

松木繁《岡村寧次大將》 〔河出書房〕1984年

**編輯委員會**／總顧問：黃昭堂(日本昭和大學名譽教授)

召集人：黃國彥(東吳大學日研所教授)

委　員：王明理　宗像隆幸　侯榮邦
李明峻　邱振瑞　黃文雄　黃英哲

★預定2000年中全部出齊，全套軟皮精裝典藏版。
感謝財團法人國家文化藝術基金會及海內外熱心本土文化的台灣家庭與人士助印出版。助印者陸續增加中……

# ◄ 前衛出版社 ►

## 台灣文史叢書

☆表示最新出版

國家圖書館出版品預行編目資料

蔣介石的影子兵團：白團物語／楊碧川.
　－－初版. 台北市：前衛，2000［民89］
本文192面；15×21公分
ISBN 957-801-258-6(精裝)
1.軍隊─中國─民國38-64年(1949-1975)

590.9208　　　　　　　　　89008328

# 蔣介石的影子兵團
## ──白團物語

著　　者／楊碧川

責任編輯／邱振瑞

前衛出版社
地址：106台北市信義路二段34號6樓
電話：02-23560301 傳眞：02-23964553
郵撥：05625551 前衛出版社
E-mail：a4791@ms15.hinet.net
Internet：http://www.avanguard.com.tw

法律顧問／汪紹銘律師・林峰正律師

旭昇圖書公司
地址：台北縣中和市中山路二段352號2樓
電話：02-22451480 傳眞：02-22451479

出版日期／2000年7月初版第一刷

定價／240元